PARROQUIA DE SANTIBAÑEZ DE VALDEIGLE...

Amigo
del
Camin
de
Santiag
Astorg

KB046283

3 - 06 -

...OS JACQUES DE MOLAY

...S (Palencia)

6 - 08

EL CARME
ALBERGUE "SAN NIC...
PONFERRA...
LEON

FONCEBADON
Telf. 695 452 950

Monte Jrago
14/06/08

15 JUN. 2

...layo
Albergue
...larente
- 08

AYUNT...

ALBERGUE MUNICIPAL
DE
PEREGRINOS
Villafranca del Bierzo
(León) 16/6/08

BERGUE
NTONINO
D^(ña)-CINIA

Camino de Villacedré, 16
A VIRGEN DEL CAMINO

BUEN CAMINO

Albergue Privado

기내식 먹는 기분

정은 산문집

사이계절

차 례

길의 뒷모습

빛의 도시

도시의 지문

사랑의 방

프롤로그

나 자신으로부터 도망치고 싶을 때마다 비행기 티켓을 샀다. 그리고 비행기가 떠오르는 순간, 후회한다. 같은 실수를 반복한 것이다. 창문 너머 점점 작아지는 저 땅에 모든 것을 두고 떠나올 수 있었다. 나 자신만 빼고. 내가 나로부터 도망치고 싶어서 떠난 여행이지만, 이제 나한테는 나 자신만 있다. 나는 마음속으로 가상의 하차 벨을 미친 듯이 누르기 시작한다. 벨을 삼십삼 번쯤 누르고, '뭔가 착오가 있었어요. 내려주세요'를 속으로 열일곱 번쯤 외치면 승무원이 기내식 카트를 끌고 다가온다. 나는 곧 순해진다. 쓰다듬어줄 손길을 기다리는 반려동물처럼.

기내식이 맛있다고 느낀 적은 단 한 번도 없지만, 기내식의 뚜껑을 여는 순간엔 언제나 숨을 잠시 멈추게 된다. 손동작이 저절로 경건해진다. 기내식은 '기내식 먹는 기분'으로 먹는다. '기내식 먹는 기분'의 맛은 땅 위의 어느 식당도 재현할 수가 없다. 이게 마지막 식사일 수도 있다는 불안감이 그 맛의 핵심이기 때문이다.

확률상 죽음에 이렇게 가깝게 다가간 적이 없다. 지금 이 순간 내가 살아 있는 것은 오로지 비행기 엔진이 꺼지지 않았기 때문이다. 당연한 그 사실이 매번 이상하다. 이렇게 크고 무거운 물체가 하늘을 날고 있다니. 아무렇지도 않게.

이 비행기가 멈추면 내 삶도 멈춘다는 간결한 사실이 마음에 든다. 아무런 변명도 없이, 말끔하게 사라질 수 있다.

이 비행기만 멈추면. 그 생각을 하며 기내식을 천천히 먹기 시작한다. 돌고래 닮은 물체를 구름 위로 띄워 날게 한다는 상상을 처음 한 사람은 누굴까. 그에게 묻고 싶다. 돌고래 배 속 같은 이곳에서 죽음을 가깝게 느끼며 하는 식사가 내내 속으로 우는 울음을 잠시 멈추게 한다는 사실도 알았는지.

기내식을 먹고 나면 죽음에 대한 생각은 사라지고 살아 있다는 안도감과 함께 잠이 온다. 잠에서 깨면 또 기내식이 나온다. 누적된 위장의 불편함과 관절의 통증으로 곧 머릿속이 가득 찬다. 땅 위에 두고 온 자잘한 고민들은 차지할 자리가 없다. 이 망각 서비스야말로 비행기가 제공하는 최상의 서비스다. 소화되지 못한 기내식이 귀까지 차오를 무렵 기장의 안내 방송이 들린다.

"날짜변경선을 지나고 있습니다.
현지 시각은 저녁 일곱 시입니다.
아날로그시계가 있다면 바늘을 돌려
현지 시각에 맞게 조정해주십시오."

여행 중 가장 좋아하는 순간이다. 일부러 챙겨 간 아날로그시계 바늘을 돌린다. 시간을 거꾸로 달렸으니 그만큼 시간을 더

6

번 셈인데 어쩐지 매번 시간을 잃어버린 것만 같다. 날짜변경선을 넘을 때 잃어버린 시간들은 어느 틈새로 사라져버린 걸까. 그 시간들이 모여 사는 무인도가 태평양 어디쯤에 하나 있을 것 같다. 나는 그 섬의 이름을 생각하기 시작하고 어느새 비행기는 하강한다.

내가 아닌 다른 사람이 되고 싶을 때마다 비행기 티켓을 샀다. 여행이 나를 다른 사람으로 변화시키길 바라며. 그러고 나서 한국에 돌아오면 여전히 내가 같은 사람이라는 사실에 매번 실망했다. 그리고 그 사실을 잊어버리고 또다시 티켓을 산다. 그렇지만 15년간 여행을 반복하다 보니 알 것 같다. 여행이 나를 다른 사람으로 변화시켜줄 것이라는 믿음은 반은 맞고 반은 틀리다. 여행은 스스로와 거리감을 만드는 일이다.

여행 중에 나의 일부는 내가 떠나온 곳에 남아 있게 된다. 가까이에서는 잘 안 보이던 것이 거리가 생길 때 잘 보이고 알게 되는 경우가 있다. 매번의 여행에서 나는 내가 아닌 것들을 조금씩 덜어낸 뒤 돌아왔고, 세공하듯이 점점 나인 것만 남았다. 여행은 나를 다른 사람으로 변화시키는 것이 아니라 내가 더 정확한 내가 되도록 한다. 나는 이것을 물리적으로 날짜변경선을 넘을 때, 돌렸던 시곗바늘만큼 우리 삶의

시공간이 휘어지기 때문이라고 이해한다. 그때 시곗바늘을 돌리면서 사라졌던 시간들, 그 잃어버린 시간 틈새로 내가 아닌 것들이 빠져버려 그렇다고. 그렇게 사라져버린 것들이 모여 사는 태평양 어디쯤에 무인도가 있을 거라고. 나는 그렇게 믿는다. 그 섬의 이름은 아직 짓지 못했지만.

순례자의 길

'순례자의 길'(카미노 데 산티아고)을 걷고 나면 작가가 될 수 있을 거라며 나한테 그 길을 추천한 사람이 있었다. 그때 나는 한국을 벗어나 어디로든 떠나고 싶었고, 무엇보다 작가가 되고 싶었다. 악마가 걸작을 쓰게 도와준다며 다가오면 당장 영혼의 일부를 뜯어 가계약이라도 할 상태였기 때문에 나는 순례자의 길로 떠났다. 악마한테 영혼을 파는 것보단 800킬로미터를 걷는 게 쉬워 보였기 때문이다. 그런데 800킬로미터를 걸으면 된다는 말의 뜻은, 말 그대로 15킬로그램의 배낭을 멘 채 1킬로미터를 걷고 나서 그것을 800번 반복해야 한다는 뜻이다. 가기 전에 그걸 깨달으면 좋았겠지만, 언제나 깨달았을 땐 이미 늦었다.

　순례자의 길은 여러 코스가 있는데 나는 프랑스의 생장 피에 드 포르에서부터 걸었다. 피레네산맥 중간에 있는 국경을 넘어 스페인으로 넘어가서 화살표를 따라 대략

800킬로미터를 걸으면 산티아고 데 콤포스텔라의 대성당에 도착한다. 모든 순례자 길은 그 대성당에서 끝이 난다. 순례자들의 숙소인 알베르게는 기부금으로 운영되는데 공동 주방과 공동 샤워 시설이 있고 보통 20-30명이 한방을 쓴다. 이층 침대의 매트리스는 대개 푹 꺼져 있고 빈대가 득실거린다. 그리고 밤마다 코 고는 소리를 360도 입체 음향 오케스트라로 들을 수 있다. 속았다는 생각마저 들었지만 힘들어도 돌아갈 수가 없었다. 내 비행기 티켓은 할인항공권이라 변경이 되지 않아 45일 동안 스페인에 체류해야만 했다. 그리고 나한테는 알베르게에 간신히 머물 돈밖에 없었다.

돈도 없고 근육도 없는 나는 그 길을 추천한 친구를 증오하며 걸을 수밖에 없었다. 그리고《연금술사》,《순례자》라는 글을 써서 순례자 길을 유명하게 만든 파울로 코엘료도 미워하면서 걸었다. 그 길 위에서 코엘료의 책을 읽고 감명받아 왔다는 사람을 많이 만났다. 초반엔 다들 그 이름에 애정을 담아 말한다. 걸을수록 그 이름에 경멸의 뉘앙스가 더해진다. 산티아고에 가까워지면 코엘료는 사기꾼으로 전락한다. 다들 결국 깨닫는 것이다. 몸이 힘든 것과 정신이 성숙하는 것은 별개라는 사실을. 모두가 그 길에서 경이로운 체험을 하는 것은 아니라는 사실을. 어쩌면 코엘료도 똑같은 깨달음을 얻었을지도 모른다는 사실을.

당시의 나는 사람이 힘든 일을 겪고 나면 성장한다고 믿고 있었다. 그래서 고난과 역경 속에 일부러 나를 던져

넣곤 했다. 하지만 몸이 힘든 것과 정신이 성숙하는 것은 아무런 상관이 없다는 것을 깨달았다. 큰 변화를 겪고 나면 성숙해지는 사람도 간혹 있지만 고통은 성숙의 필수 요건이 아니다. 고통은 그저 고통이고, 몸이 힘든 건 힘든 것이고, 사람은 마음을 바꿀 수 있을 때만 성숙한다. 그걸 겪기 전에 깨닫는 사람이 있고 몸이 힘들고 나서야 깨닫는 사람이 있다. 후자인 사람은 몸이 고생한다. 내 몸한테 미안했다.

이곳에서 고생 빼곤 얻을 것이 없다는 사실을 알고 나니 남은 길은 버리는 것뿐이었다. 그것은 생존의 문제였다. 살기 위해선 버려야 한다. 나는 가방의 무게를 조금이라도 줄이기 위해서 가진 짐들을 하나씩 버리기 시작했다. 더 이상 버릴 것이 없을 때까지 가진 것을 버리다 보면 자신이 누군지 알게 된다. 무엇을 욕망하는지가 아니라 무엇을 포기할 수 없는지가 내가 어떤 사람인지 더 잘 말해준다. 청바지를 버리고 스웨터를 버리고 화장품 파우치를 통째로 버렸다. 바디로션 하나로 얼굴부터 온몸을 다 바르고, 바디클렌저로 머리 감고 몸을 씻고 빨래까지 하면서도 무거운 수동카메라인 F2와 필름 30통과 책과 노트는 포기할 수가 없었다. 전생의 업보처럼 그 짐들을 들고 다니며 나는 대신 버릴 것을 찾았다.

그렇게 계속 물건들을 버리다 보면 어느 순간 마음의 짐도 버릴 수 있다는 사실을 깨닫는다. 마음의 짐도 물건처럼 무게가 있다. 걷기에만 집중하느라 마음이 텅 비어서 생각들이 가끔씩 물건처럼 손에 잡힐 듯이 떠오른다. 어떤 생각들은 무게가 없지만 걱정과 분노는 확실히 무겁다. 그 무게는 몸으로 느낄 수 있다. 어쩌면 소중히 쥐고 있었을지도 모르는 걱정과 고민들을 물건처럼 하나씩 하나씩 내다 버리면서 걸어간다. 점점 더 가벼워진 몸, 점점 더 가벼워진 정신으로. 더 이상 버릴 것이 없다고 느낄 때까지.

이제 악마가 작가가 되게 해준다며 다가와도 팔아치울 영혼도 없다. 그래도 다 괜찮다는 생각이 들었다. 작가가 되겠다는 열망마저 내다 버렸는지 나는 세상에 아무것도 바랄 것이 없었다. 오직 산티아고에 도착해서 이 걷기가 끝나는 것 말고는.

K

순례자의 길을 걷는 초반에 K를 만났다. 다리를 삐어서 느릿느릿 걸을 수밖에 없었던 그는 천천히 걷는 나와 속도가 맞아서 우리는 열흘 정도 같이 걸었다. 맛집 프로그램의 방송작가였던 K는 맛집을 골라내는 뛰어난 감각을 지니고 있었다. 그러나 확신을 가지고 골라낸 스페인 식당에서 음식을 두 번 사 먹고는 다시는 음식을 사 먹지 않았다. 우리는 이쪽 유전자들은 요리에 대한 감각이 전혀 없다고 결론 내렸다.

내게 카미노의 숨겨진 즐거움들을 깨닫게 해준 것은 K였다. 매일 5-8시간 정도 걷고 빨래하고 샤워하고 나면 할 일이 아무것도 없었다. 인터넷도 없고 스마트폰도 없고 티브이도 없으니까. 나는 그 시간이 텅 비었다고 생각했고, K는 그 시간이야말로 순례자 길의 핵심이라고 생각했다. 산티아고에 관련된 책을 다 읽고 왔지만, 아무것도 안

하는 그 시간에 대해 얘기한 책은 없었다고 불평했다. 프리랜서 방송작가인 탓에 단 하루도 제대로 쉬어본 적이 없는 그에게 아무것도 안 하고 그저 햇볕을 쬐기만 하면 되는 시간의 존재는 경이로운 일이었다. 아무것도 하지 않는 시간이 얼마나 소중한지 그는 잘 알고 있었고, 그 시간이 카미노가 가진 의미 절반 이상을 차지한다고 생각했다.

내가 고행을 하고 나서 얻게 될 변화를 바라고 왔다면, 그는 길의 풍경 그 자체를 즐기러 왔다. 우리의 여행 스타일은 아주 달랐다. K는 고생도 낭만으로 여기는 배낭여행을 싫어했다. 사는 거 자체가 고생인데 굳이 돈을 쓰면서까지 사서 고생하는 걸 이해하지 못했다. 그는 작은 것들에도 감동하고 감사하는 사람이었고, 카미노도 멋들어지게 매일 다른 하루를 선물 받듯이 보내고 싶어 했다. 반면에 나는 사서 고생을 하는 편이었고, 근사하기보단 그저 많은 것들을 보고 느끼고 싶었다.

나는 매일의 식사에 대해서도 굶지만 않을 정도로 가능한 한 간소하게 먹으려는 입장이었지만 K는 집에서 혼자 밥 먹을 때도 제대로 요리해서 예쁜 접시에 담아 분위기를 즐기며 먹는 사람이었다. K는 요리를 수준급으로 잘했기 때문에 매일 저녁 버섯 파스타, 허브 목살구이, 샐러드, 와인 등으로 근사하게 차려 다른 사람들도 초대해 늘 만족스럽고 뻑적지근하게 먹었다. 그건 쉽지 않은 열정이었다.

카미노에선 모두가 가능한 한 가벼워지려고 노력한다. 마음도 가볍고 몸도 가볍고 무엇보다 배낭이 가벼워야 한다는 게 절대 진리인데, 거창한 저녁 만찬을 위해서 파스타와 감자 양파 당근, 과일, 드레싱 등을 배낭에 짊어지고 다녔으니, 그건 열정이라고 불러야 마땅할 것 같다.

K는 걷다가도 마음에 드는 장소가 나오면 침낭을 펴고 뒹굴면서 음악도 듣고 책도 읽었다. 목적지까지 못 가도 별로 상관하지 않았다. 꼭 걸어서 산티아고 성당까지 완주하겠단 욕심도 없었다. 걷고 싶으면 걷고, 걷기 싫으면 버스 타고 건너뛰어도 된다고 생각했다. 절대로 무리하지 않았다. 반면에 나는 좀 고지식해서 무조건 두 다리로 완주하고 싶었고 모든 마을과 알베르게를 다 둘러보고 싶었다. 안 그러면 아쉬워서 또 오게 될 것 같았다.

열흘 동안 같이 걸은 후, K는 지루한 마을은 건너뛰고 대도시의 호텔 방에서 코 고는 사람들 없이 혼자 푹신한 침대와 욕조가 있는 곳에서 편히 쉬고 싶다며 버스를 탔다. 그렇게 우리는 헤어졌다. 더 많은 사람을 만나보기 위해서도 이쯤에서 헤어지는 편이 낫다고 서로 암묵적으로 동의했던 것 같다. K는 어떤 오지에 갖다 놓아도 그 동네에서 얻을 수 있는 최상의 것들을 구해다가 만찬을 만들어내어 귀족처럼 즐기며 감사해할 사람이란 걸 알기 때문에 혼자 떠나보내면서도 마음이 편했다.

그때 나를 편안하게 만들었던 것의 가치를 깨닫기까지 오랜 시간이 걸렸다. 팬데믹을 겪으면서 확실하게 알게 되었다. 좋은 하루를 쌓아나가는 게 삶이라는 것, 거창한 목표를 위해 하루하루를 갈아 넣고 희생하는 게 아니라 하루하루를 만족스럽게 완성하는 것, 나를 잘 먹이고 잘 재우고 주변을 잘 가꾸는 것, 그리고 운 좋게 누군가와 함께 식사를 하거나 산책할 기회가 생긴다면 최선을 다해서 그 순간을 즐기고 고맙게 여기는 것. 그 하루하루에 진짜 삶이 있다는 것을 이제는 안다. 누구라도 나를 떠올릴 때 알아서 잘 지내고 있겠지 싶어지고 마음이 편해지는 것, 그것이 어려운 목표라는 것을 이제는 안다.

고통을 참아내고 나면 보상으로 뭔가를 성취하게 될 거란 야망을 한가득 품고서, 내가 갖고 싶은 게 뭔지도 모르면서 무작정 스스로를 고통 속으로 던져 넣었던 그 시절의 나는 당연하게도 사랑을 주고받는 것에도 서툴렀다. 나 자신을 아끼고 사랑한 적이 없었던 것 같다. 사랑을 주고받는 것을 잘하려면 일단 자신을 대접할 줄 알고 사랑할 줄 알아야 한다는 것을 깨닫게 해준 사람이 K다.

K는 자기 자신을 사랑할 줄 아는 사람이었고, 그래서 사랑받을 줄도 알고 또 사랑하는 법도 잘 아는 것 같았다. 나한테 가장 취약한 부분들을 장점으로 가진 사람을 만난 덕분에 나는 순례자의 길에서 고난과 역경의 행군을 하는 게 아니라 풍경을 돌아보며 천천히 즐기며 걷기 시작했다.

체리를
나눠 먹은
한국 사람

골목길을 걷다가 체리 바구니를 들고 현관 앞에서 졸고 있는 할머니를 보았다. 1유로 주고 체리를 한 주먹 사고, 한 알씩 입안에 넣으면서 느릿느릿 걷다가 한국인을 만났다. "안녕하세요? 체리 좀 드실래요?" 하고 체리를 조금 나눠 드리고 말없이 잠시 같이 걸었다. 그는 천천히 걷는 게 더 힘들다며 나를 앞질러서 저만치 가버렸다. 거의 내 걸음걸이의 두 배 속도로 사라졌다. 순례자의 길에서 속도가 중요한 사람, 며칠 만에 완주했는지를 비교하고 자랑하는 사람, 백 프로 한국인이다.

그는 빠른 속도를 자랑하지는 않았지만 그냥 태생적으로 어쩔 수 없이 열심히 빠르게 걷는 한국인이었다. 그래서 느리게 걷는 나와 다시는 마주칠 일이 없을 거라고 생각했는데 그 후로 몇 번 더 길이나 알베르게에서 만났고, 마지막에 산티아고에서도 우연히 다시 만났다.

그는 꼭 필요한 말만 하고 꼭 필요한 친절만 베풀 줄 아는 사람이었다. 대화를 많이 한 것도 아니고 잘 알지도 못하지만, 기억에 남은 이유는 어떤 삶을 살았는지 도무지 짐작할 수 없는 얼굴을 하고 있었기 때문이다. 그는 심성이 여리고 선하면서도 강한데 그것이 얼굴에 그대로 다 드러났다. 아무것도 숨기지 않을 것 같은 얼굴, 그러면서 동시에 아무것도 보여주지 않는 얼굴, 괴로움을 그대로 다 받아내는 얼굴이었다.

40대 후반의 사람이 그런 얼굴을 유지할 수 있는 경우는 대개 배우이거나 예술 계통 종사자이다. 하지만 그는 그러기엔 또 너무 평범했다. 언제라도 사람들 속에 그대로 섞여들어 갈 수 있는 태도를 갖고 있었다. 엄청나게 똑똑해 보였지만 학자처럼 보이진 않았고, 어딘가 범접할 수 없는 느낌이 있지만 겸손함과 여유를 동반한 서비스 정신으로 무장한 매니저 같기도 했다. 신념 때문에 오히려 나약해지고 점점 말이 없어진 사람의 얼굴, 무척이나 고독해 보였다. 도대체 어떤 직업이면 저런 얼굴을 갖게 되는 건지 너무 궁금했다.

카미노에서 직업을 묻지 않는 것은 불문율에 속한다. 보통 자기 커리어가 끝난 시점에 힘든 시기를 극복하기 위해서 오는 사람들이 많기 때문이다. 그렇지만 늘 예의보단 호기심이 강한 법이어서, 조심스레 직업을 물어보았다. 그는 부끄러워하며 직업을 끝까지 알려주지 않았고 대신 명함을 한 장 내밀었다. 명함엔 아이러브구로라는 웹사이트

42

주소와 큰 글씨로 이름만 달랑 있었다. 나이트클럽 삐끼 명함처럼. 아이러브구로라니? 모르긴 해도 자유롭지만 돈은 못 버는 직업일 거라고 짐작하고 그냥 호기심을 껐다. 어쨌거나 그는 삶의 터닝 포인트가 필요해서 카미노에 온 것 같았고, 경건한 태도로 늘 생각에 잠겨 혼자 걸었다. 그리고 산티아고 데 콤포스텔라까지 두 다리로 완주했다.

산티아고에서 같이 점심을 먹고, 한국에 돌아가면 한 번 보자고 모두가 늘 하는 인사말을 하고 그는 포르투갈로 가고 나는 피니스테레로 가면서 헤어졌다. 한국에 돌아오고 한참 뒤에 우연히 인터넷 뉴스에서 그의 사진을 보았다. 더불어 그의 직업도 알게 되었다. 자유롭지만 돈은 못 버는 일을 하고 있을 거라고 확신했던 그의 직업은 '전' 국회의원이었다.

땅의 꿈

내 발이 멀쩡했다면 '산볼'이란 이름의 그 마을은 지나쳤을 것이다. 마을이라고 해도 될지 모르겠다. 들판에 돌집이 한 채 있는데(26-27쪽 사진) 그게 그 마을의 전부다. 집 한 채로 이뤄진 마을. 조금 떨어진 곳에 공동묘지가 있긴 했다. 산 자들보다 죽은 자들이 더 많은 마을이다. 걷기 시작한 지 열흘째였고 발에 생긴 물집이 터지면서 염증이 생겼다. 발이 부어서 걸을 때마다 가시밭 위를 걷는 것 같았다. 유령 마을이라고 해도 머물 수밖에 없었다.

그 마을의 유일한 집이자 알베르게에 도착했을 때 정원에 개를 데리고 다니는 순례자가 있었다. 낯선 동네에 있을 때 개를 잘 데리고 있는 사람은 일단 신뢰해도 좋다. 신뢰 가능한, 선한 눈매의 그가 있다는 사실에 안심했는데 그는 개한테 밥만 먹이고 가버렸다.

알베르게 오픈 시간이 되자 두건을 쓴, 전직 마피아일

것만 같은 날카로운 인상의 호스피탈레로(주인)가 나타났다. 그는 도끼를 꺼내 와 마당에서 장작을 패기 시작했고 나는 슬슬 불안해졌다.

여러 가지 예감이 확신이 되어가고 있었다. 내가 화장실의 위치를 묻자 그는 들판을 가리켰다. 콘센트를 찾자 그는 조명 대신 여기저기 놓인 초를 가리키며 웃었다. 수도는? 그는 마당 한가운데에 있는 우물을 가리켰다. 샤워실은? 그는 우물을 한 번 더 가리켰다. 그리고 내 발을 가리키며 스페인어로 말했다. 스페인어를 모르지만, 신기하게도 그의 말을 다 알아들을 수가 있었다.

그 샘물은 저절로 생긴 건데 그가 거기에 우물을 만들었고, 약수라서 그 물로 발을 씻으면 염증이 깨끗이 낫는다고 했다. 그 말엔 거스를 수 없는 힘이 있어서 나는 그 물에 발을 씻고 대자연의 화장실을 사용했다. 하얀 꽃처럼 여기저기 널려 있는 휴지의 개수만큼 똥이 있다고 생각하니 정말 죽고 싶었다.

알베르게 안은 어두컴컴해서 가방만 내려놓고 나와서 계속 우물가에 앉아 있었다. 많은 순례자가 들어왔지만 전기와 화장실이 없다는 얘기에 다들 곤란해하며 지나쳐 갔다. 나 말고 거기에 머물기로 한 사람이 세 명 더 있었다. 프랑스인 노부부와 퀘벡 출신의 중년 여성으로 그들은 부은 발로 앉아 있는 나와 도끼로 장작을 패고 있는 호스피탈레로를 번갈아 보더니 심란한 표정으로 머물기로 결정했다. 아마도 젊은 외국인 여성인 나를 보호하기 위해서였을 거라고 생각한다. 사려 깊고 용감한 사람들이었다. 아니면 취향이 특이하거나. 맨정신으로 머물 만한 곳은 아니었다.

다들 우물가에 앉아 햇볕을 쬐는 것 말고는 할 수 있는 게 없었다. 호스피탈레로는 너무나 바빴다. 저녁 식사 시간이 되자 왜 바빴는지 밝혀졌다. 보통은 순례자들이 같이 저녁 식사를 준비하지만 그는 우리에게 아무것도 손대지 못하게 했다. 마침내 촛불을 켠 식당에 식사가 마련되고 호스피탈레로와 노부부와 중년 여성과 내가 자리에 앉았다. 그가 야채스튜를 떠서 접시를 내 앞에 놓았다. 그즈음 스페인 요리에 대한 내 기대치는 0에 가까웠지만, 화장실과 전기라는 문명이 증발한 이 집에 '요리'라는 문명만큼은 한 스푼 남아 있길 바랐던 것 같다.

한 입 먹자마자, 눈물이 왈칵 났다. 영혼의 스프가 있다면 바로 그런 맛일 것이다. 생전 처음 먹어보는 음식이었는데 어릴 적의 모든 행복한 기억들이 쏟아져 나오는 것 같았고 고향에 돌아온 것 같았다. 뒤뜰에서 몰래 키운 대마라도 넣은 것일까? 그는 우리가 음식을 떠서 첫맛을 보는 순간을 긴장하며 기다렸다. 우리가 진심으로 맛있다고 하자 계속 긴장해 있고 날카로웠던 그의 얼굴 표정이 부드러워지면서 소년 같은 순수한 미소가 떠올랐다. 그는 그 순간을 위해서 그 모든 것들을 해온 것이다.

그 모든 것이 그 맛의 재료였다. 허허벌판의 유일한 집, 도끼로 패서 만든 장작으로 피운 불에, 우물에서 떠 온 약수를 넣고, 아마도 직접 키운 것이 분명한 채소들을 익혀

46

넣었는데, 그는 모든 재료를 함께 익히지 않고 각각을 알맞은 온도와 시간으로 따로따로 익혀서 정확한 타이밍에 맞춰서 합쳤다. 아주 세심하게. 거의 예술가적인 열정이었다.

그는 집도 자신이 돌을 하나씩 쌓아 올려서 만든 거라고 했다. 마당에 그늘을 만들어주던 나무도 모두 그가 심은 것이다. 그냥 낯선 누군가에게 완벽한 순간을 선물해주려고. 그에 대해서 잠시 의구심을 품었던 것을 반성했다. 오랜 시간을 공들여서 아름다운 것을 만들어낼 줄 아는 사람 중에 나쁜 사람은 없다고 믿고 싶다.

식사를 마치자 그는 기부금 상자를 가져왔다. 중년 여성이 과장된 몸짓으로 어머나 잔돈이 없네, 하면서 25유로를 흔쾌히 집어넣었다. 모두 가진 것 중 액수가 가장 큰 지폐를 상자에 넣었다. 다들 알고 있었다. 250유로를 낸다 해도 그런 음식을 두 번 다시 맛볼 수 없다는 걸.

그는 우리의 설거지 제안을 거절하고 촛불을 켠 방으로 우리를 몰아넣었다. 보통 기도 시간을 갖거나 간단한 천주교 의식을 하기도 하지만 그는 아무것도 함께하려 하지 않았다. 그저 우리가 각자의 시간을 보내도록 했다. 설거지를 다 해놓고서 그는 오토바이를 타고 자신의 집으로 가버렸다. 우리를 허허벌판에 있는 전기도 없고 화장실도 없는 집에 내버려두고서. 하지만 그는 알고 있는 것이다. 여기까지 찾아올 열정 많은 강도는 없다는 것을. 감히 순례자를 해코지할 수 있는 사람이 이 근방에는 없다는 것을.

방에는 이층 침대가 20개 정도 있어서 다행히 우리는

47

각자 최대한 멀리 떨어져서 자리를 잡을 수 있었다. 밖을 볼 수 있도록 긴 창이 내어져 있고 침대가 바로 그 앞에 놓여 있었다. 자면서 별을 볼 수 있도록 창을 낼 줄 아는 사람이 나쁜 사람일 리가 없지. 하지만 그는 그 집을 만들기만 했지 그곳에서 잠을 자지는 않았다. 그 말은 침대 시트가 푹 꺼지고 엉망이었다는 뜻이다. 나는 밤새 잠을 설쳤다.

　그 집의 존재 자체가 꿈 같기도 했지만 그날 정말 이상한 꿈을 꾸었다. 꿈속의 그 집에는 다락방이 있었다. 바닥에 커다란 구멍이 난. 그 다락방에서 십자군 기사 옷을 입은 사람들이 원을 그리고 돌면서 쿵쿵 뛰었다. 군화에서 먼지가 피어올랐다. 내가 한 번도 꾼 적이 없는 낯선 꿈이었다. 대부분 꿈은 내가 낮 동안 본 이미지들을 수집해서 조합을 한다. 그렇지만 그날 꿈에서 본 이미지들은 내가 모은 것들이 아니었다. 그 꿈의 재료가 내가 아닌 그 땅에서 솟아난 것 같았다. 그런 경험은 그게 처음이자 마지막이었다. 그날 이후로 나는 믿고 있다. 때때로 꿈은 사람이 아닌 공간을 따라다니기도 한다는 것을. 땅의 꿈을 인간이 대신 꿔주기도 한다는 것을. 아마도 그날 먹은 영혼의 스프는 그 땅이 꿈을 대신 꿔줄 사람에게 미리 내놓은 선물이었으리라.

길의
뒷모습

길에도 근육이 있다고 한다. 《걷기 예찬》을 쓴 다비드 르브르통 David Le Breton 의 말이다. 오래 걷다 보면 그 말을 이해할까 싶었지만 그런 행운은 오지 않았다. 브르통이 사는 동네는 땅 아래 암석 구성이 다양해서 길마다 중력의 차이가 있었나 보다.

순례자의 길에서는 오래 걷다 보면 길의 근육이 느껴지는 게 아니라 오히려 길이 사라지는 느낌이 들었다. 나는 제자리걸음을 하고 있는데 쳇바퀴를 돌리듯 지구가 땅을 돌리는 것이다. 특히 인적이 드문 숲길을 걷고 있을 때 그 길이 사라지는 느낌이 들면 마법 같은 일이 펼쳐진다. 내가 숲길을 걸어가는 게 아니라 나는 그저 제자리를 걷고 있고 나무들이 하나씩 내게 다가오기 시작한다. 두루마리처럼 뭉쳐져 있던 풍경이 끝부터 펼쳐지면서 스치듯 내 옆을 지나가는 걸 느낄 수 있다. 커브 길이 나를 스쳐 지나갈 땐 나

49

무가 몸을 돌리면서 옆모습까지 다 보여주는 것 같았다.

　그때의 환희. 그 신비로운 순간을 잊을 수 없을 것 같다. 그런 날에는 구름도 이상하게 느껴진다. 지구에서 겪을 수 있는 불가사의한 경험 중 하나라는 사실을 불현듯 깨닫는 것이다. 정말 이상하다. 구름 같은 게 머리 위에 떠 있다니. 절대 아무렇지 않을 수가 없는데 아무렇지 않게. 그 신비로운 경험은 어쩌면 걷는 고통을 잊기 위해 내 뇌가 만들어낸 망상, 신기루 같은 것일지도 모르겠다.

　계속 걸으며 몸을 쓰다 보면 어느 순간 몸은 몸이고 마음은 마음일 뿐이라는 사실을 깨닫게 된다. 몸과 마음이 합해진 것이 내가 아니라 몸은 그저 몸이다. 몸에게 몸이 할 수 있는 것보다 많은 것을 요구하면 몸은 몸의 언어로 의사 표시를 한다. 그런데 마음이 그걸 곡해하면 마음은 그 원인을 몸이 아닌 외부에서 찾는다. 내 체력의 한계를 넘어서면 몸이 힘들어지는 찰나에 나쁜 마음들이 생기는 것을 보았다. 앞뒤가 없이 뜬금없는 생각이 일어난다. 갑자기 엊그제 길에서 발을 밟은 사람이 떠오르며 미워지는 것이다.

　내 몸을 잘 지켜보라는, 요가 수업에서 들었던 말들이 어렴풋이 이해가 되기 시작했다. 나쁜 마음이 생기는 그 순간을 포착해서 그 마음이 진짜 마음이 아니라 몸이 보내오는 일종의 신호라는 것을 발견해보라는 뜻이 아니었을까. 사람과 사람 사이에서 오해가 오랫동안 쌓이면 관계가 돌덩이처럼 굳어지듯이 몸과 마음 사이에도 오해가 쌓여서 묵은 통증이 생겼던 것이 아닐까. 그러니까 언제나 몸은 자신을 다스릴 줄 안다. 몸의 언어를 듣고 몸이 원하는 대로만 따른다면 오히려 마음을 항상 청정하게 유지할 수 있을 것 같다는 생각이 들었다.

카미노에서 길을 잃은 적이 서너 번쯤 있었다. 대도시에서는 길을 잃어도 그다지 큰 문제가 아니다. 지도를 보거나 사람들에게 물어물어 일단 성당을 찾아간 다음 거기서부터 다시 시작하면 되니까. 하지만 인적이 드문 시골길에서 길을 잃으면 낭패다. 게다가 시간도 늦은 오후라면. 토산토스로 가는 시골길에서 노란색 화살표를 놓치고 엉뚱한 언덕길로 3킬로미터쯤 간 적이 있다. 걷다가 노란 화살표가 나오지 않으면 일단 의심하고 되돌아가는 게 마땅하지만 어쩐지 그날따라 계속 걸어갔다. 그러다가 언덕 위에 있는 보리밭을 만났다. 반경 5킬로미터에 사람이라곤 나밖에 없는 것 같았다.

바람이 불어왔다. 보리 끝이 살랑살랑 흔들리면서 바람의 신체를 그대로 드러냈다. 햇빛이 금빛으로 부서지면서 모든 것이 반짝였다. 모든 나무가 적절하게 아름다운 위치에 서 있었다. 자연이 악기가 되어서 바람이 그대로 음악으로 변했다. 완벽하게 느껴지는 어떤 한 순간을 목격했다. 이 풍경을 본 운 좋은 사람이 몇 안 될 것이라고 막연히 짐작했다. 밖에서 사람을 만날 기회가 많은 사람이 치장을 더 잘하는 것처럼, 사람이 많이 지나다니는 곳은

51

자연도 치장한다. 땅바닥에 자연스럽게 길이 생겨나듯이 허공들도 길을 낸다. 나무와 풀들은 몸을 돌려서 길을 걸어가는 사람들에게 가장 아름답게 보일 수 있는 각도로 자세를 잡는다. 그 얼굴들은 화장한 것처럼 화사하고 사진도 잘 받는다.

사람이 거의 방문한 적 없는 곳의 자연들은 민낯이다. 누구에게 잘 보일 필요 없이 스스로의 아름다움에만 취할 수 있었던 운 좋은 자연들. 맨살을 찢으면서 걸어간다는 느낌으로 그런 곳을 걷고 있으면 자연은 비밀스러운 아름다움을 슬며시 보여준다. 그러고선 곧바로 알 수 없는 공포감을 전해주기 시작한다. 아름다움을 한 조각만 간직한 채, 인간이 이곳을 빨리 떠나도록. 이 숨은 보석 같은 아름다움을 망치지 않도록.

그곳의 풍경이 너무 아름다웠지만 어쩐지 인적이 드문 곳이라 위험한 일이 닥치면 도움을 청할 수 없을 거란 생각이 갑자기 들었고 나는 서둘러 왔던 길로 되돌아갔다. 심장이 크게 뛰었는데 숨 막히게 아름다운 것을 마주한 흥분인지, 낯선 것에 대한 불안인지 분간할 수가 없었다. 그곳을 도망치듯 빠져나오며 어쩌면 나는 숨어 있는 자연들에 생각을 조종당한 것인지도 모른다고 생각했다.

—

고마워요

포블라시온 데 캄포. 아주 작은 마을이었다. 시에서 운영하는 기부제 알베르게를 찾아내어서 짐을 풀었지만, 어찌된 게 관리하는 호스피탈레로가 없었다. 그렇다고 해서 무질서해지지는 않는다. 순례자들은 각자 침대를 잡고, 샤워와 빨래를 하고 화장실은 깨끗이 정리해두고, 주방도 잘 정리했다.

나는 여느 때처럼 이층 침대에 짐만 내려놓고 밤이 올 때까지 마을을 걷고 또 걸었다. 늦은 시각에 알베르게에 들어가려 할 때 그 앞에 앉아 있던 중년의 여인(아마도 독일인)이 내게 속삭였다. "마지막에 들어오는 사람은 꼭 문단속을 잘하고, 네 짐을 잘 챙겨야 해." 그전에는 한 번도 그런 말을 들은 적이 없는데 왜 그런 건지 모르겠다고 생각하며 침낭에 들어가는 순간, 엄청난 냄새가 났다.

내 바로 밑 매트리스와 옆 침대, 아래 칸 매트리스에

부랑자 둘이 누워 있었다. 헝클어지고 5분의 1쯤 멋대로 빠진 머리카락. 상처투성이인 머리와 발. 흙이 묻은 더럽고 냄새 나는 침낭. 무섭다기보단 화가 났다. 관리자가 없으니까 부랑자들이 들어와서 자는 거라고 생각하면서 내일 당장 항의를 해야겠다고 결심했다.

화가 잔뜩 난 나의 눈을 슬프게도 옆 침대의 부랑자가 보았다. 그의 눈은 뜻밖에 아주 맑고 형형하게 빛났고 나에게 진심으로 미안해하고 있었다. 그는 내게 입 모양으로만 '굿나잇'이라고 인사한 뒤, 자신을 치워주려는 듯 몸을 돌려 더러운 침낭 속으로 더욱 깊숙이 들어갔다. 나는 카미노에서 처음으로 복대를 꼭 잡고 담요로 침낭을 완전히 감싸고, 침낭 지퍼도 끝까지 올리고 잤다. 그러고 나서도 제대로 못 잤다. 계속 복대가 제자리에 있나 확인하고, 더운데 담요도 못 걷고, 잠깐 잠이 들었다가 악몽을 꿨다. 마음이 불안했기에 몸도 푹 쉬질 못했다.

새벽에 부스럭거리는 소리에 잠이 깼다. 그들이 짐을 챙기고 있었다. 사람들이 깨어나기 전에 사라져주려는 것이다. 배낭을 메려고 노력하는 그와 다시 한번 눈이 마주쳤다. 그리고 나는 똑똑히 보았다. 그는 한쪽 팔이 없었다. 없는 채로 커다란 배낭을 메고 균형을 잡으려고 애쓰고 있었고, 목에는 순례자를 상징하는 커다란 가리비 목걸이가 걸려 있었다. 그러니까 그는 순례자가 맞다. 한쪽 팔이 없어서 샤워나 빨래를 자주 할 수가 없고, 상처 관리도 할 수가 없고, 그렇기에 그런 행색이 될 수밖에 없는 거였다. 나

54

는 너무 부끄럽고 미안했다. 침낭 밖으로 눈만 내놓은 채, 순례자의 아침 인사를 작게 속삭였다. "부엔 카미노."

그날 이후로 길에서 그들을 자주 마주쳤다. 알베르게에서 마주친 적은 없었다. 그들은 늘 알베르게에 들어가지 않고 그 앞에 오랫동안 앉아 있었다. 불편한 모습을 보이기 싫어서 계속 밖에 있다가 밤에만 살짝 들어와 자고 새벽에 일찍 나가는 것 같았다. 모두가 똑같은 순례자라고는 하지만 이곳의 숨겨진 편견과 냉대는 대단했다. 모두 웃으며 친절을 베풀지만, 눈빛까지 감출 수는 없었다. '이런 것들과 한방을 써야 하다니! 그래, 이것은 고난의 순례자 길이야. 나는 고통을 참고 있어'의 느낌. 이 길에서 보기 드문 아시아 여성으로 그게 어떤 심정인지 조금은 알기 때문에 그 친구들한테 더욱더 미안했던 것 같다.

한번은 대도시 레온에서 모자를 앞에 놓고 길에 앉아 있는 그와 마주쳤다.

"안녕? 너 여기서 뭐 하니?"

그는 세련된 영국식 억양으로 대답했다. "안녕? 보다시피 나는 구걸 중이야."

그러니까 그는 내 친구였고, 순례자였으며 동시에 걸인이었다. 그때까지 한 번도 친구로부터 구걸 중이라는 대답을 들은 적이 없었기 때문에 나는 당황했다. 이럴 땐 친구로서 어떻게 행동해야 하는 건지 배운 적이 없었기 때문이다. 심심하지 않게 옆에서 노래를 불러줘야 하는 건가?

도와준다면서 모자에 동전을 보태주어야 하는 건가? 일단 시야를 가리지 말아야겠다는 생각에, 행운을 빈다는 말만 남기고 황급히 자리를 피했다. 옆 골목에서 주머니 속 동전을 만지작거리며 한참을 서성거리다가 그냥 카페에 들어가서 머리가 깨질 정도로 다디단 핫초코를 한 잔 마셨다. 문득 카미노에 온다 한들 아무것도 달라지지 않는다는 생각이 들었다. 나도 달라지지 않고, 세상도 달라지지 않는다.

그날의 알베르게는 오래된 성당이었다. 수녀님들이 관리하는 곳이었다. 잠들기 전에 기도 시간이 있었다. 다 같이 오래된 성당에 들어가 무사히 순례를 마치길 기원하는 기도문을 읽었다. 수녀님들은 고운 목소리로 그레고리안 성가를 불러주셨다. 신의 아름다움과 사랑을 찬미하는 아름다운 노래가 성당의 높은 천장까지 가득 찼다. 그 시간에 구걸하는 친구들은 성당 밖에 앉아서 사람들이 잠들기를 기다리고 있었다.

길에서 마주치면 그는 언제나 경쾌한 말투로 바쁘다고 했다. 오늘 어디서 구걸을 하고, 무엇을 먹고, 어디서 잠들어야 할지 결정할 일이 너무나 많고 늘 최악의 상황에 대비하고 있어야 하기 때문이라고 했다. 많은 유럽인이 고생하기 위해서 카미노 순례길에 오른다고 하지만 사실 그들에게 카미노는 레저에 가깝다. 그냥 화살표를 따라 걷기만 하면 되고, 알베르게에 들어가기만 하면 된다. 유럽 물가 수준에서 알베르게 숙박비는 거의 무료나 마찬가지다. 최악의 상황에도 다들 지갑에 신용카드 하나쯤은 있고 언제든 비싼 호텔 방의 욕조에 몸을 담글 수 있다. 그들이 치장한 기능성 고급 등산화와 배낭, 등산복을 살 돈이면 한 달도 넘게 알베르게에서 먹고 잘 수 있다. 그런데도 그들은 이를 큰 고생으로 여긴다. 왜냐면 고상한 그들이 호텔 방이 아니라 싸구려 알베르게 공동 숙소에서 전 세계에서 온 사람들과 한방을 써야 하기 때문이다.

반면에 이 길이 정말 쉽지 않은 사람들이 있다. 모두가 당연하게 들어가는 알베르게에 들어가지 못해서 새벽에 몰래 숨어들고, 자신을 불편하게 여길 다른 사람들을 배려하고, 여비 마련을 위해 하루하루 구걸을 하고, 빨래나 샤워조차 제때 할 수 없는 사람들, 그런데도 꼭 순례길을 걸으려는 사람들. 누구보다도 힘들게 진짜 순례다운 순례를 하고 있지만, 많은 이들의 눈총과 냉대를 감당해야만 하는 사람들. 내가 예수님이었다면 어느 편에 서 있을지 자명했지만 그걸 아는 사람들은 많은 것 같지 않았다. 그래도 한 가지 다행인 건 그들은 함께 걸어줄 사람들이 있었다. 몸이 불편하지 않고 구걸도 하지 않았던 독일인은 구걸하는 친구를 혼자 두고 싶지 않아서인지 똑같은 행색으로 늘 같이 다녔다.

폰세바돈에선 기부제 알베르게를 찾지 못해 할 수 없이 좋은 시설과 음식이 제공되는 사설 알베르게에 머물렀다. 아침과 저녁 식사를 포함한 숙박비가 20유로. 유럽 물가를 생각하면 공짜나 다름없지만, 평상시의 두 배가 넘는 비싼 알베르게였다.

　나는 열댓 명의 순례자들과 함께 긴 식탁에 앉아 저녁 식사를 기다렸다. 커다란 프라이팬 가득 빠에야가 담기고 그 위에 커다란 통새우가 쌓여 나올 때 모두가 탄성을 내질렀다. 볶음밥과 샐러드, 와인, 코냑을 뿌린 아이스크림. 호사스러운 저녁을 즐기고 있을 때, 문이 빠끔히 열리면서 걸인 친구들이 들어왔다. 알베르게 주인에게 약간의 식사를 청하고 머물 자리가 있는지 물어보았던 것 같다. 나가는 두 사람을 불러 내가 손을 들어 인사하자, 순례자 중 한 명이 저들을 아느냐고 물으면서 코를 감싸 쥐었다. 냄새가 고약하다고 투덜거리는 사람들. 영어로, 스페인어로, 프랑스어로, 비웃음들이 오갔다. 조금 전에 고생이 가득한 순례길과 그런데도 더욱더 깊어지는 신앙심에 대해 고백하던 사람들이 말이다.

　갑자기 모든 음식이 맛없게 느껴졌다. 알베르게 주인은 식사를 따로 차려서 밖으로 나갔다. 나는 그 안의 가게에서 오렌지 두 개를 사서 밖에 나갔다. 야외 테이블에서 그 둘이 식사를 하고 있었다. 센스 있는 알베르게 주인이 마련해준 와인 한 잔까지 곁들여 소박하지만 근사하게. 나는 그 앞에 오렌지 두 개를 내려놓았다.

　그가 물었다. "너는 남한에서 왔지? 한국에서는 고맙다는 말을 어떻게 말하니?" "고-마-워-요." 나는 천천히 발음했다. 명민한 그는 정확한 발음으로 따라 했다. 그리고 한 번 더 되풀이했다. "고마워요."

해외에서 메르시, 당케, 그라시아스, 아리가또 고자이 마스, 탱큐 등 고맙다는 말을 정말 수십 번 주고받았지만, 나의 언어로 고맙다는 말을 어떻게 하는지 물어본 사람은 그가 처음이자 마지막이었다. 고맙다고 하면서도 그는 어쩐지 도움을 받는 것이 익숙하지 않고 부끄러운 것 같았다. 그들이 마음 편히 식사를 즐길 수 있도록 나는 자리를 피해주었다. 알베르게에도 돌아가고 싶지 않아서 어두워질 때까지 그 마을을 혼자 걷고 또 걸었다. 그날 밤 숙소에서 그 둘을 보지 못했고, 어쩐지 이후로도 단 한 번도 마주치지 못했다.

그 둘이 산티아고 성당에 도착하는 모습을 꼭 보고 싶었다. 많은 사람들에게 어디쯤 있는지 아느냐고 물었지만 그런 사람들이 있었단 사실을 기억하는 사람이 없었다. 그들은 노력해왔던 것이다. 보이지 않는 사람이 되려고. 오직 다른 사람들을 배려하는 마음으로. 소식을 전해 듣지는 못했지만 산티아고 성당에 무사히 잘 도착했고, 집에도 잘 돌아갔으리라고 믿는다. 그가 지닌 그 경쾌함 때문에라도 어떤 알 수 없는 힘으로 보호받으면서 무사히 순례를 마쳤을 것 같다. 그 친구들의 사진은 일부러 찍지 않았다. 마음속으로 오래오래 기억하려고. 유럽 대륙에서 본 가장 명민하고 선한 눈빛 중 하나였다.

개의 순례를
돕는 사람

그의 이름을 에리히라고 기억하고 있다. 한국에 돌아오자마자 프랑스어 수업을 들었는데, 프랑스에 에리히라는 이름이 없다는 사실을 알고 좌절했다. 그도 내 이름을 '인'이라고 알고 있다. 은! 은! 은! 은! 은! 다섯 번쯤 반복해서 발음해주었지만 그는 매번 인이라고 했다. '은'이란 발음을 들어본 적이 없기 때문에 그에겐 은이란 단어가 들리지 않는다. 내가 그에게 '인'인 것과 마찬가지의 이유로 그는 내게 '에리히'가 되었다.

그는 내가 유일하게 같이 걷자고 말하고 싶었던 외국인이다. 심지어 손을 내밀며 "함께 걸어도 되나요?" 묻는 꿈까지 꿨다. 그는 언제나 셰퍼드 종의 개와 함께 다녔다. 개와 똑같이 커다란 가리비 커플 목걸이를 하고, 군복을 입고, 군화를 신고, 구멍이 난 배낭 커버를 옷핀으로 고정한 20킬로그램은 거뜬히 넘을 듯한 군용 배낭을 멘 에리히. 초경량 기능성 배낭, 등산복, 등산화 등 유명 브랜드로 무장한 사람들 사이에서 군용으로 두텁게 무장한 그는 오히려 헐벗은 것처럼 보였다.

느린 속도로 사람들이 잘 안 가는 작은 마을만 찾아다녔던 나는 늘 마주치는 사람들을 계속 만났다. 모두 게으르거나 느리게 갈 수밖에 없는 사연이 있는 사람들이었다. 개와 함께 순례하는 그도 아주 천천히 걸었다. 개는 햇빛 가리개 모자를 쓸 수도, 등산화를 신을 수도 없으니까 모두가 걷기를 끝내는 저녁 시간에만 조금씩 걷는 것 같았다.

내가 그를 처음 기억하게 된 건 어떤 선함 때문이었던 것 같다. 선한 눈빛과 개에게 쏟는 애정. 말로는 표현할 수 없는 그 지극함. 산볼에서 처음 보았을 때 그는 개 밥그릇을 닦고 있었다. 배낭 무게를 조금이라도 줄이기 위해 모두가 좀생이가 되어가는 카미노에서 커다란 스테인리스 개 밥그릇을 꺼내 1.5리터 페트병에 담긴 물을 부어 커다란 타월로 닦는 장면은 아무래도 '간지 나는' 일이었다. 그리고 절도가 있었다, 모든 동작에. M16 총을 다루기라도 하는 것처럼 개 밥그릇을 집중해서 세심하게 다루는 사람이라니.

나는 개의 점심을 준비하는 그의 체계적인 동작을 감탄하면서 구경했다. 내가 앉아 있던 자리에 유독 바람이 몰아쳐서, 침낭까지 꺼내 뒤집어쓰고 알베르게 오픈 시간을 기다리던 중이었다. 그는 내게 무언가 말하려 했다. 프랑스어로, 몸짓으로 그리고 간단한 영어 단어와 노트 위에 스케

치로. 도대체 무슨 말을 하려고 그렇게 열심인지.

한참 만에 의사소통이 되었는데 내가 있는 자리가 들판에서 바람이 모이는 지대니까 알베르게 뒤쪽으로 가서 바람을 피하면 덜 춥다는 거였다. 그가 같은 알베르게에 머문다는 사실에 괜스레 설렜지만, 그는 환하게 웃으며 개와 함께 가버렸다. 두 번째로 도로를 걷다 만났을 때도 그는 차와 같은 방향이 아니라 차가 달려오는 방향으로 마주 보면서 길 가장자리를 따라 걸어야 차를 보고 피할 수 있다고 말해주었다. 바람의 방향을 읽고, 건물의 배치를 읽고, 차의 움직임을 읽는 일. 군인으로 살다 보면 길러질 수밖에 없는 생존의 감각이겠지. 처음에는 그가 그저 고마웠다.

그가 개를 데리고 도로 가장자리를 걷는 뒷모습은 완벽했다. 나는 뒷모습은 거짓말을 하지 않는다고 믿는 편인데, 군용 배낭을 메고 개를 데리고 산책하듯 걸어가는 그의 뒷모습은 뭘 더하거나 뺄 수 없을 것처럼 그 상태로 완성된 것 같았다. 개를 데리고 순례길을 걷는 군인이라는 존재는 여러 가지 질문거리를 만들어낸다. 군복을 입고 그는 어디까지 가보았을까? 사람에게 총을 쏜 적도 있었을까? 한때 수류탄을 담았을지도 모를 배낭으로 개 밥그릇을 나르기 전에 그는 어떤 삶을 살고 어떤 결심을 했을까? 혹은 개에 관한 질문들. 개는 어디서 만났을까? 왜 개를 데리고 순례길을 걷기로 결심했을까? 저 개는 신을 믿을까? 개한테도 원죄가 있을까? 회개할 일이 있긴 할까? 원래부터 천국이 예정된 개를 힘든 순례길에 오르게 하는 건 인간의 욕심이 아닌가? 둘 중 희생하고 있는 건 어느 쪽인가?

끝없이 부풀어오르는 짓궂은 질문들을 말없이 상쇄시키는 건 완성된 뒷모습이었다. 온몸의 감각을 열고, 함께 걷는다는 사실에 더할 나위 없이 만족한 듯 보이는 두 존재. 멀리 점이 되어 사라질 때까지 그 뒷모습을 눈에 박아두느라 사진도 안 찍었다. 가방에서 카메라를 꺼내는 동안 잠시 놓치는 시간이 정말로 아까워서. 그렇게 그가 지나가고 나면 길에 무언가 두고 온 것처럼 허전했다. 그 눈빛이 자꾸 생각났다. 나한테 할 말이 있는 것 같기도 한 눈빛. 나는 별로 로맨틱한 사람은 아니었지만, 그 눈빛엔 이상하게 마음이 저릿저릿했다.

보름 남짓한 기간에 그렇게 길에서 지나치기를 여러 번, 폰페라다 알베르게에 막 도착했을 때 뒤뜰에 그가 개와 함께 앉아 있었다. 열 시간을 걸어온 나는 배낭을 내려놓고 숨을 몰아쉬며 그의 앞에 앉았다. 그날따라 길을 잃어서 30킬로미터 넘게 걸은 것이다. 그동안 궁금했고 보고 싶었다는 말은 속에 묻은 채 인사만 하고 알베르게 안으로 들어가려는데, 그가 자판기 커피를 뽑아다 주겠다고 했다. 그와 처음으로 제대로 된 대화를 나누는 시간이었다. 내가 그에게 이름을 묻자 그는 먼저 개에 대한 주의사항을 일러주었다. 개를 자극하지 말고, 쓰다듬지 말 것 등등.

그의 이름은 에리히. 개는 복스(VOX). 라틴어로 목소리라는 뜻이었다. 그와 복스는 프랑스 중부에 있는 집에서부터 걸어왔다. 무려 1,500킬로를 걸어왔다. 서울-부산

63

을 두 번 왕복한 것보다도 먼 거리다. 복스가 산티아고 성당까지 무사히 순례를 잘 마치는 것이 그가 원하는 전부였다. 개와 모든 순간을 함께하기 위해서 그는 많은 것들을 포기하고 거의 노숙자와 다름없는 생활을 한 것 같다. 개를 밖에 묶어놓고 알베르게 침대에서 쉬어도 될 텐데, 그는 복스와 잠시라도 떨어져 있고 싶지 않아서 침대가 아닌 알베르게의 창고 바닥에서 자거나 그것도 못 구하면 텐트를 치고 숲에서 잤다. 보기에도 무거워 보이는 군용 배낭엔 개 밥그릇뿐만 아니라 텐트도 들어 있다. 요리 같은 건 물론 할 수 없고, 개를 맡겨놓을 곳이 없어서 식당에서 마음 편히 밥을 먹을 수도 없다.

그는 무척 지쳐 있었고 예민해 보였다. 오랫동안 씻지도 못했고, 무거운 배낭 때문에 척추도 살짝 어긋난 상태였고, 끊었던 담배를 최근에 다시 피우기 시작했다고 절망적인 목소리로 말했다. 산티아고에 도착하면 제일 먼저 금연을 하겠다고.

대화 도중 한 순례자가 개에게 주고 싶다며 닭고기를 가져왔다. 그는 긴장하여 닭고기를 자세히 조사했다. 상하지는 않았는지, 지나치게 뜨겁지는 않은지, 뼛조각이 목에 걸릴 위험은 없는지. 주도면밀한 조사 끝에 닭고기는 합격점을 받았고, 꿈쩍도 하지 않고 참을성 있게 기다린 복스 앞에 놓였다. 이제까지의 여정이 내가 상상했던 것보다 열 배는 더 어려웠으리란 걸 짐작할 수 있었다.

그가 갑자기 나를 끌고 알베르게 뜰의 한가운데로 데

려갔다. 그곳에 200킬로미터 이정표가 있었다. 이정표를 가리키며 바로 이 자리로부터 산티아고가 200킬로밖에 안 남았다고 말했고 우리는 함께 탄성을 질렀다. 하지만 산티 아고에 도착해도 문제였다. 스페인에선 대중교통에 개를 태울 수가 없으므로. 그와 복스를 차로 프랑스 집까지 데려 다줄 맘씨 좋은 사람을 만날 때까지 그는 '히치하이킹-프 랑스' 팻말을 들고 광장에 내내 서 있어야 할 것이다.

　우리는 어설픈 영어로 대화를 계속 나눴다. 둘 다 영 어를 못했기 때문에 아주 힘든 대화였다. 이런 순간이 올 줄 알았다면 학창 시절에 영어 공부를 열심히 하는 건데. 항상 그럴 필요를 못 느꼈는데 지금, 이 순간부터 후회된 다고 그가 말했다. 나는 늘 그가 내게 할 말이 있는 눈빛을 하고 있다고 느꼈다. 나는 무슨 말을 기대했던 것일까. 내 눈을 잠시 똑바로 바라보고 그가 드디어 말을 꺼냈다. 그 는 나보고 불쌍하다고 했다. 언제나 혼자 있는 외롭고 불 쌍한 소녀라고 생각했고 그 때문에 나를 볼 때마다 슬퍼졌 다고 했다.

　이 선한 사람의 말에 나는 비로소 슬퍼지고 불쌍해졌 다. 혼자 다니는 건 나의 선택이었고 혼자 있는 게 좋은데, 그걸 즐겼는데, 내가 늘 혼자 있다는 사실 때문에 슬픈 사 람이 지구상에 단 한 명이라도 있단 사실에 갑자기 울고 싶 어졌다. 그리고 그 사람이 내가 유일하게 같이 걷고 싶은 사람이라는 사실에 또 다른 의미로 더더욱 울고 싶어졌다. 그러니까 그 불쌍하고 슬픈 마음이 내게 전해지느라고 내

65

마음이 저릿저릿했던 것이다.

그는 가톨릭 신자였고, 불교 신자인 내가 카미노에 온 걸 이해하지 못했다. 내가 유럽에서 태어나지 않은 한, 유럽인들에게 카미노가 어떤 의미인지 결코 이해하지 못할 거라고 했다. 종교적인 의미가 없어도 나름대로 걷는 일에 의미를 두고 있다고 말하고 싶었지만, 말을 할수록 변명 같았고 그의 종교를 모욕하는 기분이 들었다. 다른 종교를 가진 한국인들에게 돈이 적게 드는 관광 코스 정도로 여겨지는 것도 사실이기 때문이다.

나는 점점 숨고 싶어졌다. 그는 내가 말할 때 주변 공기가 갑자기 차분하게 가라앉는 느낌이 좋다며 긴장을 풀어주려고 했다. 러시아에 군인으로 3년 정도 있었던 그는 간단한 러시아어와 중국어를 알았다. 그는 '워아이니'를 한국어로 어떻게 말하는지 궁금해했고, 그걸 알려주려는 정다운 찰나에, 미국 여자애가 갑자기 그에게 알은체하며 달려오더니 유창한 프랑스어로 그에게 말을 걸었다.

나는 속으로 제2외국어가 일본어인 고등학교에 다녔던 나의 운명을 탓하고 또 탓했다. 둘이 공통으로 알고 있는 이탈리아 친구의 소식을 묻고 있다고 그가 간략히 설명해주었고, 둘의 대화는 계속되었다. 타투에 대한 얘기인 것 같았는데 갑자기 그가 웃통을 벗어 올렸다. 심장이 있는 왼쪽 가슴 한가득 십자가에 못 박힌 예수님의 모습이 커다랗고 섬세하게 새겨져 있었다. 순간 나는 할 말을 잃었다(그의 복근을 봤기 때문은 아니다). 그는 진지했다, 진정.

66

그의 말대로 그에게 카미노가 어떤 의미인지 내가 결코 이해하지 못할 거란 생각이 들었다. 그의 종교적 신념과 고귀한 희생정신을 그 누구도 깎아내릴 순 없다는 생각, 그리고 길은 하나지만 그의 한 걸음과 나의 한 걸음의 무게가 같지 않다는 생각 외에 다른 생각을 전혀 할 수가 없었다. 나는 부끄러웠다.

영어도 잘하는데 프랑스어도 잘하는 미국 애가 가고 나서, 갑자기 분위기가 어색해진 가운데 그가 내게 물었다. "너는 언제까지 나와 대화를 하고 싶니?" 그 문장의 뉘앙스를 어떻게 해석해야 할지 잘 몰랐다. 그 질문이 품고 있는 여러 가지 가능성들. 손을 내밀며 함께 걸어도 되나요? 그에게 물었던 며칠 전 꿈을 생각했다. "산티아고에 도착할 때까지"라는 대답은 끝내 나오지 못했고 나는 내 배낭 속에서 가장 가벼운 것 중 하나인 녹차 티백들을 선물로 주고 둘에게 인사를 하고 알베르게로 들어갔다.

침대를 배정받자마자 매트리스 위로 쓰러져 한참 동안 베개에 머릴 묻고 엎드려 있었다. 한국인 자매가 같이 저녁을 먹자고 청해서 오랜만에 쌀밥을 해 먹고 수다를 떨면서 함께 시간을 보냈다. 그리고 나중에 얘길 들었다. 한국인 자매가 뜰에 있을 때 개를 데리고 있는 순례자가 다가와 이 알베르게에 또 다른 한국인이 있으니 같이 얘기도 하고 친하게 지내달라고 부탁하고 길을 떠났다고. 밤새 마음이 아렸다.

그에게 무언가 도움이 되고 싶었지만, 아무리 생각해

67

도 내가 도울 길은 없고 방해만 될 것 같아서 속상했다. 그 래도 그날 같이 걸으면 안 되겠냐고 물어봤어야 했다. 내 내 후회했다. 밤길을 같이 걸으며 '사랑밖엔 난 몰라'를 불 러줄 수도 있었을 텐데. 내가 알베르게 주방에서 요리해다 가 그와 복스와 나눠 먹을 수도 있었을 텐데.

그래서 이틀 뒤 아침 빌라프란카 사설 알베르게 앞에 서 우연히 다시 만났을 땐 정말 기뻤다. 그는 맘씨 좋은 알 베르게 주인을 만나서 목공실 안에서 잤다고 좋아했다. 조 그만 목재 창고 안에는 엎드려 쉬고 있는 복스와 그의 군 용 침낭이 있었다. 간밤에 춥진 않았냐고 묻자, 비 내리는 숲에서 잘 때는 춥기도 하지만 개와 함께 있으면 따뜻하다 며 웃었다. 오랜만에 면도도 하고 옷도 갈아입고 멀끔해진 그는 세수하러 가던 중이었고, 잠시 후에 보자고 했다. 나 는 가던 길을 계속 갔다. 나는 걸음이 느리니까 어쨌든 오 늘 중에 길에서 다시 만나게 될 것이라고 확신했다. 만나 면 산티아고까지 같이 걸어도 되냐고 물을 것이다.

그날은 길이 두 갈래로 갈라지는 드문 코스였는데, 하 나는 자신의 의지를 시험해보고 싶은 이들을 위한 험한 산 길이고 다른 하나는 도로를 따라 걷는 지루하고 쉬운 길이 다. 산길이 너무 위험해서 쉬운 도로 길을 추가로 만든 것 같았다. 나는 도로를 따라 2킬로쯤 걷다가 다시 돌아와서 산길로 갔다. 왠지 신념이 있는 그라면, 순례의 길 의미를 되새기며 험난한 산길로 갈 것 같았기 때문이다. 나는 힘들 어서 거의 울면서 산길을 올랐다. 지나다니는 사람도 별로 없었다. 힘들었지만 정상에서의 풍경은 깜짝 놀랄 만큼 아름다웠다. 힘들었기 때문에 더 아름다웠을 것이다.

　나는 나무 그루터기에 앉아서 에리히와 복스를 기다렸다. 하지만 날이 어두워지도록 그 둘은 오지 않았다. 그제야 깨달았다. 내가 단단히 착각했음을. 산길은 개에게 어렵다. 발바닥을 다칠 수도 있으니까. 그러면 당연히 복스를 위해서 도로를 따라 걷는 쉬운 길을 택했을 것이다. 그러니까 그날 길이 어긋난 건 전적으로 그의 종교적 신념과 사려 깊은 마음을 제대로 이해하지 못한 탓이었다. 희생이란 개념을 몰라서 아직 사랑도 할 줄 모르는 어린애처럼, 상대가 누군지도 모른 채 패배한 자의 심정으로 산을 터벅터벅 내려왔다. 길은 다시 하나로 합쳐졌지만 개를 데리고 다니는 순례자는 길에서도, 알베르게에서도, 그 어느 곳에서도 보이지 않았다. 그 후로도 두 번 다시 마주치지 못했다.

　일주일쯤 뒤에 산티아고 데 콤포스텔라에 도착했다. 에리히와 복스가 산티아고에 도착하는 모습을 꼭 보고 싶어서 일정보다 더 머물렀는데도 볼 수 없었다. 최근에 그를 봤다는 사람도 만나지 못했다. 둘의 모습을 기억하는 한국 사람이 한 명 있었는데 그는 대뜸 "아 그 냄새 나는 군인 아저씨요?"라고만 말했다. 에리히는 '냄새 나는 군인 아저씨'라는 아홉 글자로 압축될 만한 사람이 절대 아니었다. 그가 그렇게만 기억된다는 사실이 너무도 부당하게 느껴졌다. 그렇지만 그 간극 사이에서 내가 무엇을 할 수 있을까? 에리히 눈에 내가 외롭고 불쌍한 소녀였고, 그래서 그가 날 동정했다는 사실도 내게 부당하게 여겨지긴 마찬가지였다. 그 부당함을 막을 힘이 내겐 없다. 그 누구에게도 없다.

산티아고에서 못 만나면 살아생전에 다시 볼 가능성이 없어서, 산티아고를 떠나면서 조금 울었다. 사진 한 장 안 찍고 연락처 주고받을 생각을 미처 못 한 게 너무 아쉬웠다. 그렇지만 전 생애를 통틀어 단 한 시간 정도만 마주볼 수 있는 인연이었다면, 그 시간을 사진 찍는 데 낭비하지 않아서 오히려 다행이기도 하다. 그 눈빛과 마음을 기억하는 것만으로도 충분하다. 아직도 떠올리면 마음 깊숙한 곳에서 통증이 오듯 저릿저릿한 에리히, 그런 아름다운 사람이 아름다운 개와 함께 이 지구 위에 살고 있다.

별들의
들판

프랑스 생장에서 걷기 시작한 지 38일째, 하루도 쉬지 않고 783킬로미터를 걸어서 '별들의 들판'이라는 뜻인 산티아고 데 콤포스텔라 성당에 드디어 도착했다. 모든 카미노는 이곳에서 끝난다. 성당 앞 광장 바닥에 앉아서 도착하는 사람들을 구경했다. 산티아고 성당에 도착한 순간 멍해지는 사람들 모습을 보는 게 좋았다. 다들 카미노를 걷는 동안 오직 산티아고 성당까지 걸어가야 한다는 생각만 한다. 도착하고 난 뒤에 무엇을 해야 하는지 미처 생각을 못 했기 때문에 성당에 도착하고 나면 일순간 멍해진다.

그건 밀도 높은 교향곡이 막 끝났을 때 박수가 터지기 직전 짧은 시간 동안 지휘자, 연주자들의 심정과도 비슷할 것이다. 몸에는 걸으려는 관성이 아직 남아 있는데 길이 그만 끝나버리면, 온몸의 감정들이 앞으로 쏠린다. 그 현기증을 어떻게 설명해야 할까. 들리지 않는 울음으로 온 마음이 쏟아져 내리는 느낌.

소식이 궁금했던 몇몇 친구들의 산티아고 입성을 운 좋게 보고 축하할 수 있었고, 끝내 만나지 못한 사람들도 있다. 산티아고는 처음 왔는데도 그리운 듯한 느낌이 있는 동네였다. 오래된 성당과 순례자들과 여행객들과 오래된 골목과 카페. 내내 그리웠다. 여행의 기억이 거의 사라진 지금도 여전히 산티아고에 무언가 두고 온 듯한 느낌이 남아 있다. 산티아고에 도착하면 소인만 찍힌 빈 엽서를 누군가에게 보낼 거라고 줄곧 말하고 다녔는데, 막상 도착하고 나니 그런 게 필요 없는 느낌이라 보내지 않았다. 모든 게 그 상태로 해결되고, 아무것도 문제가 되지 않는 것 같았다.

그날 저녁에 알베르게에서 처음 보는 사람이 저 끝에 서부터 걸어와서 "당신은 아름다운 사람이에요. 이 말을 해주고 싶었어요"라고 말하고 갔다. 마치 아무도 그 사실을 모르고 있는 게 안타깝다는 듯이. 그렇지만 그날 아침부터 나는 나 자신이 아주 마음에 들었고, 내가 충분히 그 말을 들을 자격이 있다고 생각했다. 나는 오랫동안 스스로를 칭찬할 줄 몰랐다. 굳이 단점을 찾아가며 나 자신을 깎아내리는 습관이 있었는데 그날은 그 습관을 버리게 된 첫 날이다.

다음 날도 평상시처럼 일찍 일어나 배낭을 메고 걸었다. 사흘 더 걸어 피스테라까지 갔다. 피스테라는 '세상의 끝'이라는 뜻으로, 미대륙을 발견(?)하기 전까지 유럽 사람들은 거기가 세상의 끝인 줄 알고 살았다 한다.

마침내 나는 세상의 끝에 걸어서 도착했다. 바다 너머로 해가 가라앉고 있었다. 프랑스 국경에서부터 42일 동안 872킬로미터를 걸어 세상의 끝에서 마침내 보게 된 일몰이니 그 장면은 충분히 '내 인생의 오케이 컷'이 될 자격이 있었다.

조금 감상적인 기분도 없지 않았겠지만, 그날 본 일몰은 정말 이상했다. 어딘가 비현실적이었다. 거의 밤 열 시 넘어서 해가 졌고, 거기서 일몰을 보고 있던 대다수가 집에서부터 수백 킬로를 걸어온 사람들이었다. 누군가는 운동화와 지도를 태웠고, 누군가는 노래를 불렀고, 와인을 마시는 사람도 있었다. 졸업식 혹은 장례식의 분위기.

실제로 보고 겪었지만 그날의 일몰만큼은 아직도 내게 판타지로 남아 있다. 그날의 해가 그렇게 비현실적인 뉘앙스를 풍긴 것은 오랫동안 세상의 끝으로 대접을 받아온 덕분이 아닐까? 사람을 오랫동안 겪은 자연은 스스로 치장하거나 꾸민다는 것을 나는 그 길 위에서 체험했다. 세상의 끝에서 바닷속으로 가라앉는 해를 보고 난 후에야 더는 걷고 싶지 않아졌다. 그러고서 긴장이 풀렸는지 그때부터 온몸이 아팠다.

한국으로 돌아가는 길에 산티아고 공항에서 엄청나게 통곡하는 여자를 봤다. 지갑이나 여행 가방을 잃어버렸나 보다 생각했는데 둘러보니 공항에 유난히 통곡하는 사

73

람들이 많았다. 줄 서서 탑승구로 가는데 갑자기 정체불명의 눈물이 덮쳐왔다. 나는 부끄러운 줄도 모르고 엄청나게 울었다. 그 울음을 이해할 수가 없었다. 그게 어떤 감정인지를 도무지 모르겠는데 눈물이 계속 났다. 울면서 그리워해야 하는지 슬퍼해야 하는지 감격해야 하는지 안타까워해야 하는지 몰라서 어쩔 줄 몰랐다. 그건 몸이 우는 울음이었다. 이성이나 감정에 미처 도달하지도 못한 채 몸에서부터 우는 울음.

한국에 돌아와서도 내내 아팠다. 두 주 정도는 앓아누웠다. 먹은 것을 자꾸 다 토해내서 동네 내과에 갔다. 위내시경을 하러 왔다고 하자 의사 선생님이 나른하게 말했다. "내시경으로 들여다봤자 어차피 위염 아니면 위암인데, 아직 젊으니 위암은 아닐 테고 뻔하게 위염인데, 그걸 꼭 눈으로 확인할 필요가 있을까요?" 그 말이 묘하게 설득적이어서 나는 위내시경을 포기하고 위염 약만 산더미같이 받아서 왔다. 돌아오는 길에 "그걸 꼭 눈으로 확인할 필요가 있을까요?" 그 말이 계속 맴돌았다. 그분이 현명한 걸까 게으른 걸까. 어쨌든 세상엔 겪기 전에 아는 사람이 있고 몸이 힘들고 나서야 깨닫는 사람이 있다. 나는 후자고 그래서 몸이 고생했지만 그래도 꼭 봤어야 했다. 세상의 끝을. 그 바다 끝으로 떨어지는 태양을.

두 주 정도 앓아누우면서 여행의 기억이 압축 밀봉되었다. 한동안 카미노에 대한 얘기를 할 수가 없었고, 여행 중 만난 사람하고도 연락할 수가 없었다. 몇 년이 지난 후에야 조금씩 녹아서 풀리기 시작했다. 친구의 예언처럼 십 년 뒤에 나는 《산책을 듣는 시간》이라는 첫 소설책을 내고 작가가 되었다. 내 첫 소설의 표지에는 소년과 개와 소녀가 함께 길을 걷고 있다. 완벽한 뒷모습으로. 그 소설에서 소년이 소녀에게 처음 건넨 말은 이것이다.

"너는 어떻게 말해? 고맙다는 말?"

—

모르는 일

순례자 길을 걸은 지 14년이 지났다. 그 길을 걷고 나면 작가가 된다는 말에 혹해서 갔지만 사실이 아니라는 것만 깨닫고 돌아왔다. 그렇지만 지금 나는 작가다. 그 길을 먼저 걷고 내게 추천해준 친구도 작가가 되었다. 그러면 결국 그 길이 작가로 만들어준 것 아니냐고 물으면 아니라고, 그 길을 걷고 나서 얻은 건 아무것도 없다고 대답하고 싶다. 걸으면서 돈을 썼고, 몸을 혹사했고, 갖고 있던 짐을 버리기만 했지, 얻은 건 아무것도 없다. 그 길에서 얻은 가르침이 있다면 그것뿐이라고 생각한다. 버릴 수만 있을 뿐 얻을 것은 없다는 것. 만약에 그 길이 누군가를 작가로 만들어주는 게 사실이라면, 그 길이 성스럽고 영험해서가 아니라 버리고 버려서 가벼워진 사람만이 끝까지 걸을 수 있기 때문일 것이다.

그 길을 처음 걷는 사람들 대부분 나름의 목표가 있고,

포부가 있을 것이다. 그 길을 걸으려면 많은 준비가 필요하고 큰 결심이 필요한 만큼, 그리고 끝까지 가는 데 큰 노력이 필요한 만큼, 그만큼의 대가를 얻기를 바란다.

그런데 걸으면서 점점 모르겠다는 생각만 든다. 얻고자 하는 것이 무엇이든, 걷는 것과는 아무 상관이 없기 때문이다. 인생의 터닝 포인트에서 생각을 정리하고자 왔지만 걷다 보면 아무 생각이 없어진다. 걸으면 몸이 건강해질 것 같아서 왔지만, 걸을수록 건강을 해친다. 배낭 무게 때문에 척추가 틀어지고 발목과 무릎에 상처 입기 일쑤다. '내가 어쩌다가 여기서 이렇게 걷고 있는지 모르겠다' 하는 마음만 남는다. 자신의 어리석음을 인정하며 내가 왜 여기에 있는지 모르겠다, 모르겠다 하면서 그저 걸을 뿐인데 그게 바로 작가가 되는 방법이라는 것을 한참 후에 알았다.

순례자 길을 걷고 나면 작가가 된다는 말은 사실이 아니다. 다만 걷는 동안 잠시 작가의 삶을 살 뿐이다. '내가 왜 여기에 있는지 모르겠다. 이젠 내가 누군지도 모르겠다' 하면서 그저 걷는 것. 원고지 1매, 1매를 써서 800매를 쓰는 것. 1킬로미터, 1킬로미터를 걷다가 800킬로미터를 걷는 것. 그저 글을 쓰는 것. 그 순간이 잠시 되어보는 것. 그때 걷는 사람과 글을 쓰는 사람은 '나'가 아니다. 직접 걸어보고 글을 써보면 이 말을 이해하게 될 것이다. 그렇기 때문에 그 삶을 잠시 살아볼 수는 있어도 걷고 나서도 계속해서 작가가 되거나 순례자가 되는 것은 아니다.

길이 끝나고 나서도 그와 같은 방식으로 삶을 이어나

가는 선택을 하는 사람이 결국 작가가 된다. 책을 냈다고 작가인 것이 아니고 그런 삶의 방식을 택하는 것이 작가이다. 그러니까 내가 작가인지 아닌지는 나만이 알 수 있다.

순례자의 길을 걷고 나면 작가가 된다는 말이 사실인지 궁금하다면?

직접 걸어보면 알게 됩니다.

객창감

긴 여행을 떠나기 전에는 약속 같은 건 하지 않는 게 좋다. 소개팅은 더더욱 하지 않는 것이 좋다. 여행이 끝난 뒤에는 다른 사람이 되어 돌아온다는 걸 모르는 사람만이 소개팅 같은 걸 해버린다. 소개팅은 번번이 실망하기 마련인데, 하필이면 여행 직전의 소개팅에서 만난 사람이 무척 마음에 들었다. 두 달간의 배낭여행을 끝내고 돌아오면 다시 만나자는, 지키지 못할 약속을 하였다. 두 번째이자 마지막 만남이 된 그날 그는 내게 선물이라며 객창감이라는 단어를 알려주었다. "객창감이란 건 아마도 타국에서 혼자 머무는 방 창문으로 스며들어오는 어스름한 달빛 같은 게 아닐까요."

곧 여행 떠나는 사람에게 줄 수 있는 최고의 선물은 단어일 것이다. 그가 나지막한 목소리로 말해준 그 단어를, 여행 가방에 넣어도 무게가 나가지 않는 그 단어를 나

105

는 소중히 품고 여행을 떠났다. 객창감이야말로 여행 친구고, 그 기분을 놓지 않는다면 지치지 않고 계속 여행할 수 있을 거라고 믿으며.

태어나던 순간을 기억하는 사람은 없지만, 타국에 첫발을 내딛던 순간은 대체로 기억할 수 있다. 두 번째 태어난 것처럼 기억할 수 있다. 온몸으로 들이닥쳤던 낯선 냄새들, 소리들. 익숙한 문화적 코드가 작동하지 않는 낯선 얼굴들. 그토록 낯선 감각 속으로 던져지는 경험은 태어난 이래로 처음이었기에, 나는 그 순간을 고향처럼 그리워하고 그때의 나를 부러워한다. 내가 언제나 부러워하는 사람이 둘 있는데 아직 태어나지 않은 사람과 아직 해외여행을 안 간 사람이다. 태어날 기회가 남아 있는 사람들이 나는 언제나 부럽다.

내가 낯선 감각들 속에 처음 던져졌을 때, 그러니까 두 번째로 태어났을 때, 그곳은 인도 델리 공항이었고 나는 신라면 한 박스와 함께 있었다. 첫 여행지로 인도를 선택한 까닭은 인도를 여행하고 나면 전 세계 어디든 갈 수 있다는 말을 들었기 때문이다(바라나시의 호텔 방에 일주일 연속으로 출몰한 쥐한테 이름을 붙여주고, 안 나타나는 날엔 무슨 일이 생겼나 걱정까지 하게 되었을 때 그 말이 사실일지 모른다고 생각했다). 신라면 한 박스는 공항 픽업 서비스 비용이었다. 구글 지도가 없고 《론리플래닛》에 실린 지도를 보고 길을 찾아야 하는 시절이라, 혼자 가는 첫 해외여행길에 공항을 빠져나오는 것부터가 걱정이었다. 그래서 델리에 사는 한국인 부부를 컨택해서 픽업 서비스를 신청했다. 그들이 내 숙소도 대신 예약해주고 공항에서 여행자 거리까지 안전하게 차로 데려다주겠다고 약속했지만 그들은 마지막 여행자가 공항을 빠져나갈 때까지 나타나지 않았다.

그렇지만 노 프라블럼.

한국에 '아이고'가 있다면 인도엔 '노 프라블럼'이 있다. A4 한 장에 빼곡히 써도 모자랄 내용을 한마디로 줄일 수 있는 마법의 단어이다. 나는 태어나서 처음으로 외국에 도착했고, 밤이었고, 혼자였고, 나를 데리고 여행자 거리로 데리고 가주기로 한 사람들이 나타나지 않았다. 그럴 때 노 프라블럼, 하고 택시를 잡아타고 여행자 거리로 찾아가면 되지만 나는 갓 태어난 신생아처럼 모든 것이 당혹스럽기만 했다. 노 프라블럼이란 단어를 배우기 전이었으므로 나는 델리 공항 구석에서 침낭을 뒤집어쓰고 울면서 밤을 샜다. 신라면 한 박스가 밤새 곁에 있어 주었다.

다음 날 아침, 새벽 비행기로 온 한국 여행객들이 나를 택시에 태워 여행자 거리로 데리고 가주었다. 그들은 숙소 예약도 도와주었고 신라면 한 박스를 팔 수 있도록 한국인 식당에도 데리고 가주었다. 이 동네에서 신라면 한 그릇이 커리 다섯 접시 가격이라는 것을 미리 알았다면 금고마냥 신라면 박스를 빼기고 들고 다녔을 텐데. 위기의 순간마다 골드바처럼 신라면을 하나씩 꺼내서 귀하게 썼을 텐데. 시세를 몰랐으므로 신라면 한 박스를 헐값에 팔

107

아치우고는 손이 가벼워졌다고 좋아했다. 그것은 시작에 불과했다. 거래를 둘러싼 지난한 여정은 여기에 쓰지 않겠다. 어쨌든 인도를 여행하고 나면 전 세계 어디든 갈 수 있다는 말은 사실이다.

나는 선물로 받은 '객창감'이라는 단어를 마음속에 넣어두고 여행 중 외로울 때마다 가끔씩 꺼내어 보았다. 그는 객창감이 타국에서 혼자 머무는 방 창문으로 스며들어오는 어스름한 달빛 같은 거라고 했는데 막상 가보니 가난한 배낭여행자가 달빛이 스며드는 창을 갖는 건 어려운 일이었다. 내가 갈 수 있는 숙소엔 빛도 안 드는 손바닥만 한 창문뿐이었다.

달빛이 들지 않는 밤이 쓸쓸해서 그랬는지 나는 객창감을 잊고 인도 여행 중에 만난 사람한테 첫눈에 반하고 말았다. 외로움 때문인지, 낯선 도시가 주는 흥분 때문인지 모르겠다. 나는 그것을 여행 탓으로 돌렸었다. 여행이, 이 도시가 나를 다른 사람으로 바꾸어놓아서 그랬다고.

아그라

인도에 처음 온 배낭여행자라면 누구나 한 번씩 하게 되는 고민이 있다. 타지마할을 볼 것인가, 말 것인가. 인도까지 갔으면 보는 게 당연하다고 생각할 수도 있지만, 현지인 20루피, 외국인 750루피라는 입장료를 보면 괘씸해서 안 보고 싶어지는 게 보통이다. 나도 고민했지만 결국 아그라행 기차를 탔다. 그리고 외국인 입장료를 내고 타지마할 입구에 들어서는 순간, 후회했다.

　물론 타지마할은 아름답다. 너무 아름답다. 하지만 그 존재감이 너무 거대해서 내 두 눈으로 담을 수 있는 세계 너머에 있었다. 보고 있어도 볼 수 없다는 말을 처음으로 이해했다. 힘들게 여기까지 오지 말고 사진으로만, 어떤 추상적인 개념으로만 타지마할을 보는 게 더 나았을 것 같다는 생각마저 들었다. 햇빛을 받아 더욱 빛나는 흰 대리석 벽은 선글라스 없이는 바라볼 수조차 없었다. 건물 자체가 빛을 내는 것 같았다. 멀리서 전경 사진을 찍고, 바로 앞에서 섬세한 대리석 무늬의 사진을 찍었다. 나는 눈을 감고 거대한 코끼리 다리를 더듬는 심정으로 타지마할 벽을 따라 걸었다. 내 두 눈은 타지마할을 보고 있었으나 나는 진실로 그것을 볼 수가 없었다.

하지만 내부로 들어서는 순간, 비로소 타지마할을 보았다고 느꼈다. 크고 어두운 홀 한가운데에 관이 놓여 있고 그 관 둘레를 전 세계에서 온 다양한 연령대, 다양한 인종의 관광객들이 속삭이며 걷고 있었다. 그 기묘한 공간감. 그곳은 두 점의 소리로 보이는 듯 존재했다. 그 공간만이 가질 수 있는 고유한 음으로. 두런두런 낮고 깊게, 부드럽게 울리는 소리가 마치 몇백 년 전의 소리인 듯 묘했는데 보이지 않는 시간의 겹이 한 차원 더 있는 듯했다.

내부는 사진 촬영이 금지되어 있었다. 밖에서 열심히 사진만 찍던 사람들이 안에서 할 수 있는 일이라곤 관을 따라 돌며 그저 속삭이는 것뿐이었다. 그들의 대화는 모두 한결같았다. "샤 자한은 그의 아내 뭄타즈 마할을 사랑했고, 그녀가 죽자 이 무덤을 만들었대. 그들은 영원히 서로 사랑했대." 매일매일 수천 명씩 전 세계에서 온 사람들이 각기 저마다의 언어로, 저만의 목소리로 이렇게 같은 문장을 속삭였을 것이다. 수십 년 아니 수백 년 동안. 그 소리는 몇백 년 동안 쌓이고 겹쳐 타지마할 내부를 따라 돌며 아름다운 울림을 만들어내고 있었다.

샤 자한은 타지마할이 완공된 후 다시는 이보다 아름

다운 건축물을 짓지 못하도록 건축가와 세공사들의 팔을 잘라내었다고 한다. 하지만 그는 그럴 필요가 없었다. 그 아름다운 여인의 관을 덮고 있는 건 거대한 흰 대리석 건물이 아니라, 그 사랑을 보기 위해 여기까지 온 사람들이 속삭이는 사랑에 관한 소리의 겹들이니까. 그 소리가 울리는 한 이곳은 아그라가 아니고 인도 또한 아니고 그저 우주의 어떤 한 지점일 뿐일 것이다. 그렇게 쌓인 아름다운 에너지로만 따진다면 별이라고 불려도 좋을 것 같았다.

　시간은 공간이 될 수 있다. 시적으로 이해되는 그 문장이 타지마할의 내부에서는 물리적인 실체로 이해된다. 그 공간에 오랫동안 쌓인 메아리의 겹에 나 또한 혼잣말로 그 문장을 보냈다. "샤 자한은 그의 아내 뭄타즈 마할을 사랑했고, 그녀가 죽자 이 무덤을 만들었대. 그들은 영원히 서로 사랑했대." 내 목소리는 그 공간에 영원히 갇혀서 눈에 보이지 않는 두꺼운 공간의 일부분이 되어 있을 것이다. 어떤 사랑이었길래 그렇게 두껍고 무거운 장소를 만들었을까? 그 무덤에선 죽는다는 말이 산다는 것보다 더 덧없게 느껴졌다.

기차 안

바라나시로 가는 기차 안에서 찍은 사진(90-91쪽)이 있다. 나는 이 사진이 고독하게 홀로 기차 여행을 하는 인도 남자의 것이라고 생각해왔다. 포토샵에서 어두운 부분을 밝히자 유령처럼 그의 어깨에 기대어 잠들어 있는 한 명의 인도 여인이 나타났다. 그의 고독은 순식간에 고단함으로 바뀌었다.

내가 처음에 그의 표정에서 본 고독은 그의 것이었을까 나의 것이었을까. 어깨에 기대어 잠든 사람이 있을 때 오히려 더 고독한 순간들이 있었다. 사진이 우리에게 하는 거짓말. 그 속에는 진짜 진실이 일 퍼센트쯤 들어 있고 가끔 그 일 퍼센트의 진실이 우리의 삶 전체를 뒤흔든다.

112

빛의 도시

바라나시의 옛 이름은 카시. '빛의 도시'라는 뜻이다. 바라
나시에 있는 동안 거의 매일 아침 갠지스강 위로 해 뜨는
것을 보았다. 다섯 시 반이나 여섯 시쯤. 매일 알람 없이
일어났다. 언제나 그 시간이면 내가 머무르던 방 건너편에
서 하레 크리슈나, 하레 크리슈나(힌두교 최고 신 '크리슈나'
를 찬양합니다라는 뜻) 하는 기도 소리가 울려 퍼졌다. 그 소
리에 잠에서 깨면 간단히 찬물 샤워를 하고 해가 뜨는 것
을 보러 나갔다. 내가 묵고 있던 비쉬누레스트하우스 난간
에서 볼 때도 있고, 가트(강으로 내려가는 계단)로 내려가서
볼 때도 있었다. 나가보면 늘 보는 사람들이 역시나 있었
다. 세계 각국에서 온 사람들, 이름도 국적도 모르지만 매
일 마주쳐서 어느 정도 낯익은 사람들. 그렇게 말없이 각
자, 그러면서도 함께 해가 뜰 기다렸다.

　어둠 속에서 해를 기다리다 보면 문득 깨닫게 된다.

해는 항상 어둠 속을 달려와야 한다는 것을. 본인이 빛을 내지 않으면 세상이 온통 어둡다는 거 얼마나 고단한 일일까. 낯선 사람들과 계단에 앉아 해를 기다리는 것, 해를 보고 나면 짜이를 한 잔 마시는 것. 특별할 것도 없는 평범한 날의 해를 그렇게 기다리는 게 특별한 일처럼 느껴져서 해 뜨는 걸 보고 짜이를 한 잔 마시고 나면 그날 하루치 일과를 다 해낸 기분이어서 남은 하루는 별책부록이나 자투리처럼 여기며 빈둥빈둥 보냈다.

같이 해를 기다리던 사람들 중 비행기에서 집어왔음 직한 파란 담요를 늘상 두르고 나타나는 청년이 있었다. 일본에서 태어난 사람이라고 짐작만 할 수 있을 따름이다. 프랑스나 이탈리아에서 왔을 수도 있다. 그에겐 어떤 위태로움이 있었다. 그런 종류의 사람을 종종 스칠 때가 있다. 가만히 서 있는데도 보고 있으면 마음이 아슬아슬해지는, 가서 붙잡아줘야만 할 것 같은 사람들. 보자마자 직감적으로 저 사람을 사랑하면 결국 내 마음이 부서지겠구나 미리부터 알게 되는 사람들.

그가 서 있는 곳에만 중력이 강해서 내 온몸의 감각이 그쪽으로 끌어당겨지는 것 같았다. 직감적으로 글을 쓰는 사람일 거라고 생각했다. 그는 단지 갠지스강 위로 떠오르는 해를 보기 위해 인도에 온 사람처럼 보였다. 그만큼 열정적으로 해 뜨는 것을 보았다. 그러지 않고서는 견딜 수가 없다는 듯이. 몰입해서 해 뜨는 모습을 보고 있는 그를 보면, 두 눈이 아닌 카메라 렌즈를 통해서 해 뜨는 모습을 보는 건 해에 대한 큰 실례인 것처럼 느껴질 정도였다.

짜이집이 문을 늦게 열면 다들 빈 계단에 앉아 무작정 기다렸다. 해가 아무리 중천에 떴어도 짜이를 마시지 않으면 그날 하루는 시작된 게 아니다. 나는 비행기 담요를 두르고 있는 그에게서 가능한 한 멀리 떨어져 앉았다. 그에게 묻고 싶은 게 많았다. 그 담요가 정말로 비행기에서 집어 온 것인지. 정말로 글을 쓰는지. 쓴다면 무엇에 관해서 쓰는지. 왜 그렇게 위태로워 보이는지. 왔던 곳으로 다시 돌아갈 것인지. 다시 돌아갈 곳이 있기는 한 건지. 왜 나는 궁금한 게 많아졌는지 등등.

이윽고 잠이 덜 깬 청년이 나와 찻집 문을 열었다. 계단에 나란히 앉은 채로 우리들은 각자의 짜이를 마셨다. 그런 다음 각자의 방으로 돌아가, 각자의 하루를 시작할 것이다. 그에 대해 아는 건 없지만, 그가 위태로운 모습으로 해가 뜨는 걸 기다렸다는 걸 나는 안다. 또 짜이를 기다리는 그 순간의 감정과 풍경을 공유했다는 것도 안다. 그날의 그 나른한 가트의 풍경은 그의 기억 속에도 있고 나의 기억 속에도 있고, 우린 그런 식으로 잠시 스쳤다. 그렇게 스쳐 지나간다.

손모니 호텔

바라나시의 갠지스강 가트에는 화장터가 몇 군데 있다. 인도에서 마주치는 힌두인들 99퍼센트가 언젠가는 이곳에서 재가 된다. 그 생각을 하면 가슴이 서늘해진다.

누군지도 모르면서 모닥불 위에서 시체 타는 모습을 종일 지켜보곤 했다. 이상하게도 우는 사람이 아무도 없었다. 모두 담담했다. 모닥불이 모든 슬픔을 다 끌어당겨 대신 타오르기라도 하듯이. 고인의 가족인 듯한 사람이 가방에서 오래되어 납작해지고 색이 바랜 꽃무늬 베개를 꺼내는 장면을 목격한 적이 있다. 그는 모닥불을 피우기 위해 쌓아놓은 나뭇가지 위의 시체 머리 아래에 베개를 조심스럽게 놓았다. 그 장면은 생각할 때마다 여전히 날 울게 한다.

이 화장터 위쪽 언덕엔 손모니란 이름의 아담하고 말끔한 호텔이 있다. 도대체 어떤 사람이 화장터 옆에다 호텔을 지어놓았을까, 저런 곳에 투숙하는 사람들은 누굴까.

116

너무 궁금해서 가봤는데, 방에 짐을 풀고 나서야 알았다. 나 같은 호기심 많은 이들을 위한 곳이라는 것을.

내 방은 창문이 갠지스강 쪽으로 나 있어서 일출이 잘 보인다고 호텔 매니저는 자부심 가득한 태도로 방을 안내해주었다. 과연 그가 장담한 대로 일출이 잘 보였다. 그리고 화장터도 잘 보였다. 창밖에 언제나 한두 개의 모닥불이 있었는데, 안에서 시체가 타고 있을 것이다. 가까이에서 보면 타고 있는 뇌, 팔다리, 내장 등이 적나라하게 보여서 섬뜩할 테지만, 멀리서 볼 때는 그저 한가로워 보이는 강변의 모닥불일 뿐이다. 낭만적으로 보일 수도 있다.

호텔 꼭대기 층에 창이 넓은 레스토랑이 있는데, 시체 타는 장면을 바라보면서 맛있는 토마토 갈릭 커리를 먹었다. 누군지 모를 이들의 삼가 명복을 빌면서. 무심하거나 혹은 지나치게 예민해 보이는 점잖은 외국인들이 두세 테이블 더 자리를 차지하고 있었다. 손모니는 가격 대비 서비스를 따지자면 이 근방 최고였다. 인도에서 호텔 매니저에 의해 보살핌을 잘 받고 있다고 느낀 것은 처음이었고, 깨끗하다는 말은 차마 할 수 없지만, 그나마 가장 덜 더러웠다. 문제는 화장터 옆이라는 위치인데, 좋다고도 나쁘다고도 할 수 없는, 그저 한번 경험해보라고 할 수밖에 없는 그것.

강 기운을 느끼고 싶어서 창문을 열어놓았더니 낯선 냄새가 방에 가득 찼다. 시체 타는 냄새였다. 비염을 오래 앓아서 후각이 굉장히 둔한 편인 나는 때때로 코보다 다른 기관들이 냄새에 더 민감하다. 냄새는 나는 듯 마는 듯

했으나, 무언가가 몸에 입혀지는 느낌은 확실하고 강렬했다. 심장 박동이 빨라지고 알 수 없는 흥분 상태에 휩싸였다. 왜 그런 상태가 되었는지는 나도 모르겠다. 들뜬 상태의 에너지. 일종의 압박감 같은 것인데, 설명하기 어렵지만 한마디로 에로틱한 기분이었다.

그곳에 투숙한 사흘 내내 방에만 들어가면 그 상태가 되었다. 당연히 잠도 제대로 잘 수가 없었다. 서비스도 좋았고, 레스토랑 음식도 맛있었고, 옥상 정원도 좋았는데 그런 에너지 상태를 지속해서 감당할 수가 없어서 결국 사흘 만에 체크아웃했다. 숙박하는 데 무슨 문제나 불편이 있었느냐고 묻는 매니저에게 방에 들어갈 때마다 시체 타는 냄새 때문에 에로틱한 기분에 휩싸인다고 차마 말할 수가 없어서, 그냥 메인 가트에서 너무 멀다고, 그동안 고마웠다고 인사하고 나왔다. 두 번 다시 갈 일은 없을 것 같다. 다만, 신혼여행을 바라나시로 가게 된다면 무조건 손모니 호텔에서 시간을 다 보내겠다.

타블라

대낮에 심심하게 게스트하우스에 누워 있는데 어디선가 북소리가 들려왔다. 배우기 시작한 지 얼마 안 된 것 같은 어설픈 연주였는데, 이상하게도 그 소리가 마음을 끌어당겼다. 북소리의 정체를 알아내기 위해 방 밖으로 나왔지만 소리는 어느새 사라져버렸다. 나는 단골 짜이집에 가서 어설프게 북소리를 흉내 내며 이름을 물었다. 그 소리의 정체는 '타블라'이고 뱅갈리토라에 가면 배울 수 있다는 애기를 듣고 바로 뱅갈리토라로 나갔다.

　뱅갈리토라는 갠지스강과 평행하게 조성된 좁은 골목길이다. 여행자들의 거리이기도 하고 없는 게 없는 골목이기도 하다. 갠지스강을 터전으로 살아가는 사람들의 실제 삶의 공간이기도 한데, 갠지스강에서 성스럽게 목욕을 하던 힌두인들이 뒷골목 길로 들어서면 세속적으로 변한다.

119

갠지스강의 성스러움과 뱅갈리토라의 세속성은 긴밀하게 연결되어 있다. 뱅갈리토라가 있어서 갠지스가 완전해질 수 있다고 나는 믿고 있다. 이 좁은 골목길이 그림자처럼 그 강을 떠받치고 있는 것이다. 인간들과 오토바이들과 소들이 뒤섞여 있는 이 골목길은 먼지가 많아서 필터를 입힌 것처럼 빛이 은은하다. 그래서 모든 게 물속을 떠다니는 것처럼 먹먹하게 느껴지기도 한다.

복잡하고도 신비로운 뱅갈리토라에는 전통 악기를 파는 데가 여러 곳 있었다. 한눈에 봐도 관광객을 대상으로 한 곳들이었고 거기에 발을 들이면 안 된다고 내 안의 직감이 경고등을 켜고 있었다. 하지만 마음은 여전히 그 북소리를 찾고 있었다. 골목을 몇 바퀴 돈 다음에 악기점 중 한 곳으로 들어갔다. 악기점의 주인이 시타르 레슨을 하고 있었는데 인도인 수강생을 엄하게 혼내고 있었다. 그 태도가 장사꾼보다는 스승에 가까운 것 같았다. 그런 곳에 가야 사기를 덜 당할 것 같았다.

가게 안에 완전히 들어가지는 않고 문턱에 반쯤 걸터앉아서 타블라를 배우려면 어떻게 해야 하느냐고 물었다. 악기점 주인은 마침 그의 큰아들이 바라나시대학 타블라 전공 대학원생이라며 잘 찾아왔다고 했다. 마침 또 작은아들이 가게에 와 있는데 그를 따라가면 큰아들이 있는 곳으로 안내해줄 것이라고 했다. 마치 기다리고 있었다는 듯이 모든 일들이 술술 풀리는 게 불안했다.

그때 그가 말했다. "No problem. You can trust me."

인도에서 그 말을 하는 사람치고 믿을 만한 사람 없다는 게 그때까지의 깨달음이었다. 노 프라블럼. 이 말을 들으면 뒤도 돌아보지 말고 나와야 한다. 하지만 그의 작은아들이라는 인도 소년이 너무 순수해 보여서 나는 노 프라블럼이라는 그의 말보다는 작은아들의 눈빛을 믿고 따라갔다.

소년은 미로 같은 골목 골목을 돌아 '옴뮤직워크숍'이라는 간판을 단 작은 방에 나를 데려다놓고 그의 형을 찾으러 갔다. 먼지 쌓인 시타르가 벽에 걸려 있었고, 방 한쪽 구석에는 타블라들이 단정하고 나란하게 놓여 있었다. 정성껏 꾸며놓은 작은 제단도 있었다. 잠시 후, 타블라 선생님이 합장하고 공손히 나마스테! 인사를 하며 들어왔다. 그는 다른 말은 하지 않았다. 맑은 눈을 반짝반짝 빛내며 "I will play tabla for you." 하고 바로 타블라 연주를 시작했다.

그 연주가 끝난 지 5분도 안 되어 나는 보름치 여행 경비와 맞먹는 타블라를 구입하고 타블라 강습을 예약했다. 그는 이미 알고 있었던 것 같다. 내가 그 연주를 듣고 나면 타블라를 안 배울 수가 없으리라는 것을. 바라나시 체류일이 겨우 7일밖에 안 남았는데 타블라를 배울 수 있냐고 물었더니 그는 그 기간 동안 도레미파솔라시도에 해당하는 기초를 배울 것이며 타블라의 스피릿을 느낄 수 있다면 그것으로 충분하다고 했다. 나중에야 알았지만 타블라의 기초를 배우려면 3년도 모자라다. 타블라는 음정이

II. 빛의 도시

있는 북이고, 세상에서 가장 배우기 어려운 타악기다. 그렇지만 나에게 남아 있던 여행 계획은 이미 다 사라지고 한국에 돌아갈 때까지 남은 여행 일정은 단 하나, 타블라의 스피릿을 배워 가는 것이 되었다.

여행을 마치고 그 무거운 악기를 짊어지고 한국에 돌아오고 나서야 어리석은 짓을 했다는 것을 깨달았다. 그러니까 그 상황은 한국의 남원을 여행 중인 외국인이 거문고 소리에 반해서 거문고의 영혼을 7일이면 배울 수 있다는 소리를 듣고 남은 여행 일정을 모두 취소하고 보름치 여행 경비로 거문고를 사버리고 거문고 수업을 일주일치 예약하고 거문고 장인이 될 꿈에 부풀어 있는 그런 상황이라고 할 수 있다. 그렇지만 그때 나는 정말 내 남은 인생을 타블라에 바쳐야겠다고 생각했었다. 나는 내가 그 사람처럼 평생을 타블라에 헌신하는 삶을 살 줄 알았다. 그때 날 매혹시킨 것이 타블라의 소리인지 아니면 음악을 대하는 그의 열정적인 태도인지 헷갈렸다.

그는 "One life is one instrument"라고 자신의 삶을 요약했다. 대부분의 인도 전통악기 연주자는 명상하듯이 연주를 하고 악기를 잘 연주하기 위해 수행하듯이 산다. 신을 섬기듯, 한 악기에 평생을 헌신한다. 악기를 신처럼 받드는 것 같다고 하자 그가 이렇게 말했다.

"사랑과 신은 비슷합니다. 이곳엔 가네샤를 비롯한 많은 신상이 있지만 우린 단지 기도를 드릴 수 있을 뿐, 신을 가질 수는 없습니다. 사랑도 마찬가지죠. 누군가 사랑

혹은 신을 가지려고 한다면 백 퍼센트 실패합니다. 왜냐면 사랑이나 신은 실체가 없으니까요. 하지만 그것을 믿는다면 느낄 수는 있습니다. 이것이 핵심입니다. 느낄 수는 있다는 것. 하지만 오직 믿고, 존중할 줄 아는 자만이 느낄 수 있습니다."

나는 무신론자에 가깝고 그때까지 신은 물론, 악기, 사람 그 무엇에도 헌신해본 적이 없어서 그의 말을 도통 이해할 수가 없었다. 헌신을 몰라서 쉽게 매혹당하고 열망하고 배우고 싶었는지도 모르겠다. 아니, 열망한 것이 헌신인지, 신인지, 사랑인지 잘 모르겠다. 신이 실체가 없다는 그의 말은 이해가 되었지만 사랑도 마찬가지라는 말은 이해하기 어려웠다. 내가 누군가에게 반하고 사랑하는 것은 그 사람이 바로 그 사람이기 때문이다. 마찬가지로 누군가가 나를 사랑할 때도 내가 나이기 때문에 사랑해주길 바랐다. 하지만 믿는다면 느낄 수가 있다는 그의 말은 특정한 대상이 아닌 사랑 그 자체를 위해서 사랑한다는 말처럼 느껴졌다. 신을 믿기 위해서 신을 믿는다는 것처럼. 다만 믿는다는 그 행위가 중요하다면 대상이 누구라도 되는 게 아닐까? 그게 정말 사랑일까? 그가 말하는 사랑과 내가 말하는 사랑이 같은 개념이긴 한 건가? 의문투성이였지만, 어디에도 답이 없었고, 헌신을 배우면 답을 찾을 수 있을 거라 생각했다.

나의 타블라는 한국에 온 뒤로 한 번도 제대로 연주된 적이 없는데, 일주일은 타블라의 스피릿을 배우기엔 충분해도 조율하는 법까지 배우기엔 너무 짧았기 때문이다. 몇 년 뒤에 다시 바라나시에 가서 타블라를 배우러 또 오겠다는 약속을 지켰다. 그리고 역시나 타블라의 스피릿을 일주일만 배우고 돌아왔다. 돌아와서 나는 타블라를 사랑했다기보단 그의 열정과 헌신에 매혹되었다는 걸 인정했다. 그보다는 솔직히 그냥 그 공간이 좋았고 타블라를 배우는 그 시간이 좋았던 것 같다.

언젠가 구루지(스승)가 내게 해준 말이 있다. 세상에 한번 생겨난 소리는 사라지지 않는다고. 그러면 공간이 너무 무거워지지 않겠냐고 내가 묻자 그는 소리의 무게는 아주아주 작기 때문에 괜찮다고 했다. 그 이후로 어느 공간을 들어서든지 간에 그 공간에 쌓인 소리의 두께와 깊이에 대해서 상상하게 되었다.

타블라가 늘 연주되던 그 방에는 타블라의 소리가 많이 쌓여 있었을 것이다. 그리고 그가 그곳에 있기 전에도 누군가는 거기서 악기를 연주했을 것이다. 그 소리들이 쌓이고 쌓여서 그 방의 아름다운 침묵, 그 방의 고유한 소리를 만들었을 것이다. 바라나시의 모든 공간이 그렇다. 2,500년이 넘게 존속하는 도시답게 공간 자체가 나이가 아주 많은 느낌이었다. 모든 게 쌓이고 쌓여서 밀도가 아주 높았다. 그래서 그곳에 있는 동안은 힘겹게 느껴지는데 한국에 돌아오면 미친 듯이 그 공간들을 그리워하게 된다.

바라나시에 다녀온 여행자들이 그렇듯이 나는 늘 마

음 한구석에 바라나시를 품고 살았다. 마치 그곳이 고향이라도 된 듯이. 타블라가 울려 퍼지던 그 방에 내 삶의 의미가 있고 진실이 있는 듯이 그곳을 마땅히 돌아가야 할 곳으로 여기고 여행 갈 돈도 시간도 없으면서 델리행 비행기 티켓을 일없이 검색하곤 했다. 한참의 시간이 지난 뒤에야 그 마음이 영혼의 근원적인 이끌림 같은 게 아니라 그저 도피의 마음이었다는 것을 인정했다. 바라나시에 가면 너무나 많은 것들이 한꺼번에 들이닥치니까 한국에서 하던 고민은 다 잊어버리고 만다. 단지 그 망각이 좋았을 뿐.

뱅갈리토라의 구석에 있는 작고 어두운 옴뮤직워크숍. 열린 작은 문으로 골목의 다채로운 소음이 들어오고 소와 오토바이가 지나갈 때마다 긴 그림자가 지나가던 곳. 타블라의 한 음이 길게 이어지다가 작게 사그라들 때, 이어지는 침묵이 편안했던 곳.

그 방에 가득찼던 침묵을 떠올리는 것만으로도 마음이 편안해지던 시절이 있었다. 한참 뒤에 나는 그가 말한 신과 사랑을 어렴풋이 이해하게 되었는데 핵심 키워드는 '자신에 대한 존중'이었다. 그는 이미 답을 말해주었지만 들어서 아는 것을 이해하기까지 많은 시간을 통과해야 했다.

"자신을 존중할 줄 아는 사람만이 사랑과 신도 존중할 수 있게 됩니다. 존중한다는 건 믿을 수 있다는 얘기고 믿을 수 있다면 느낄 수 있죠. 그러니까 모든 것들이 가능해집니다. 신이 된 것처럼."

—

바라나시의 밤

도시가 정전되고 안개가 잔뜩 끼고 미친개들이 날뛰는 밤이 있었다. 그때 우리가 본 것은 아무것도 아닌 것 같았는데 그때 이후로 그 감각, 이미지에 사로잡힌 채로 사는 것 같다고, 바라나시의 밤을 함께 걸었던 M이 말한 적 있다.

바라나시 밤, 하면 어쩐지 새벽에 느닷없이 울려 퍼지던 라가 소리가 떠오르곤 한다. 무너질 듯이 몇천 년 동안 공고한 도시. 그것은 서로 다른 시대가 서로 다른 언어로 속삭이면서 와락 달려드는 느낌이라고 말할 수밖에 없다. 바라나시에 대해 말하려는 사람은 그 밤을 빠뜨려서는 안 된다.

하늘이 몸을 뒤집어 순식간에 어둠이 내리면 갠지스 강에 모여 있던 성스럽고 평화롭던 사람들은 집으로 돌아가고, 내면에 숨어 있던 어두운 충동들이 대신 가트로 쏟아져 나온다. 여기저기 검은 사람들이 뭉치고 번져 있다.

모여서 내기 도박을 하고, 지나가는 여자를 희롱하고, 목소리를 높이고, 시비 걸고, 그저 어찌할 줄 모른다. 난데없는 탄성을 지르기도 하며. 신날 일은 없지만, 밤이니까. 눈빛 풀린 개들이 사람을 물기 시작하는 시간이니까. 그때 갠지스강은 비로소 소리를 내기 시작하고(어둠은 소리를 더 잘 나른다), 그 시간에 강은 가장 아름답지만, 왜 아름다운지 아무도 그 이유를 모른다. 강조차도.

바라나시에서 해는 갠지스강 위로 떠오른다. 그러므로 해 지는 모습을 보려면 나룻배를 타고 강 건너편으로 가야 한다. 강 건너편의 땅은 죽음의 땅이라 불린다. 해가 진 이후에 그곳에 간 사람들은 살아 돌아오지 못한다고도 하고, 그곳에 사는 개들은 강에서 떠내려온 시체를 먹고 산다고도 한다. 소문은 흉흉하지만, 막상 그곳에서 마주치는 것은 적막감뿐이다. 그곳엔 아무것도 없으므로 우리는 우리 자신과 마주치게 된다. 누군가는 그곳에서 광활한 자유를 보고, 누군가는 갈라진 메마른 사막을 본다. 혹은 지난밤의 꿈이거나 어린 시절의 자신과 마주치는 이도 있다.

강 건너를 갔다 오고 난 날 밤엔 유독 많이 울었다.

모든 매혹스러운 지점은 지극히 개인적이고 은밀해서, 그 순간을 공유하지 않은 이에게 매혹을 이해시키는 건 불가능하다. 자주 매혹당하는 이들은 비밀이 점점 많아지고, 비밀이 많은 이들은 갈수록 외로워진다. 그러니 타인의 매혹에 대해서 함부로 말하지 말자. 그건 애초에 말

127

해질 수 없는 영역에서 생겨나니까.

비밀이 많아서 외롭던 어느 밤에는 게스트하우스 옥상에서 파란 담요를 뒤집어쓴 채 엉엉 울었다. 최고로 슬펐던 바라나시의 밤이었다. 울고 있는데 게스트하우스에서 일하는 청년 아닐이 올라왔다.

울고 있니?
(아니. 음악 듣고 있어. 혼자 있게 해줘)
너한테 할 말이 있어.
(말해봐)
삼십 분 정도는 더 울어도 괜찮아.
…
한 시간 뒤엔 원숭이들이 몰려오기 시작할 거야.

잠시 후 기다란 막대기를 든 검은 그림자가 옥상 계단을 올라와 내게 다가왔다. 또 아닐이었다.

이게 필요할 거야. 원숭이들이 몰려오면 이걸로 싸워. 언제나 반쯤 실없는 미소를 머금은 그는 시종일관 진지했다. 건네받은 무기를 옆에 두고 담요를 뒤집어쓰고 계속해서 울자니 뭔가 이상했다. 그러니까 이곳은 인도였다. 담요를 뒤집어쓰고 혼자 엉엉 우는 세계에서, 막대기로 밤의 원숭이들과 싸워야 하는 세계로 순식간에 건너가야 하는.

바라나시의 밤은 동물들을 포효의 시간으로 옮겨놓는다. 담요를 걷고 밤을 마주 보고 앉아 옥상들 사이사이에 말없이 스며 있을 골목에 대해 생각했다. 한낮의 골목을 어슬렁거리던 선한 소들이 한꺼번에 자리에 주저앉는, 바라나시의 밤이 살짝 내려앉는 순간에 대해. 그 순간의 소리를 들을 줄 아는 이의 적요로울 심장 박동에 대해.

　막대기로 허공을 지휘하며 옥상을 가만히 걸어 다니는 동안 가트의 들개들은 긴 울음을 내지르고, 갠지스강은 검고 또 고요하고, 달그림자는 검은 물 위에서 금빛이었다.

갠지스강

바라나시에서 마주치는 모든 인도 사람이 죽으면 갠지스 강으로 간다는 사실을 떠올리면 기분이 이상해지곤 했다. 강변 화장터에서 시체를 태우는데 태우고 난 재는 강물에 흘려보낸다. 나무가 모자라서 시체가 덜 타면 타다 남은 시체를 그냥 강물에 띄워 보낸다. 바라나시 사람들은 그 물에 목욕하고, 빨래하고, 짜이를 끓인다. 죽음이 들어 있는 그 물에 삶을 의지한다. 갠지스강을 '어머니 강'이라고 부르며 그 강에서 삶을 살고 죽음도 산다. 모든 것을 맡긴다.

갠지스강 근처에 머무르는 동안 여기 사람들에게 갠지스강이 어떤 존재인가만 생각하다가 떠날 때가 되어서야 갠지스강에게 사람이 어떤 존재인가를 생각해보았다. 갠지스강을 신처럼 의지하는 힌두인들의 성스러움에 감동만 했었지 그 모든 걸 다 받아내는 강물의 처지에서 생각해본 적은 없었다.

130

디아라고 부르는 작은 초를 여러 개 띄우며 사랑을
이뤄달라고, 가족들 건강하게 해달라고 소원을 빌면서 어
머니 갠지스강에게 하루에도 수백 번 수천 번 기름과 쓰
레기를 내밀었던 것. 인간의 죄는 갠지스강에 목욕을 하면
씻긴다지만, 갠지스강의 세제와 기름과 쓰레기는 누가 씻
어주나. 아무리 모든 것을 다 품고 용서해주는 어머니 강
이라지만, 그것도 어머니 강이 건강하실 때 이야기다.

그래서 바라나시를 떠나던 날, 십 루피짜리 디아를 사
서 소원을 비는 대신 갠지스강 정화 운동에 기부를 해야겠
다고 다짐했다. 기념으로 조그만 호리병에 갠지스강 물
을 담고 있는데 한 인도 소년이 다가와 물었다. 갠지스강
에서 목욕을 했느냐고. 물론 하지 않았다. 더러우니까. 그
물과 평생을 보낸 바라나시인들한테는 아무 문제가 없겠
지만 이 동네 물에 아직 적응하지 못한 내 몸은 바로 탈이
날 것이다. 목욕하다가 바이러스성 질환에 걸린 사례도 익
히 들은 터였지만 그런 얘기를 할 수는 없었다. 발까지만
담가보고 목욕 대신 강 위에서 배 타고 기도를 아주 많이
했다고 대답했다. 그러고 나자 인도 소년들이 갑자기 모여
들었다. 한 소년이 실망한 듯이 말했다.

"그러니까, 바라나시에서 한 달이 넘게 머물면서 갠
지스강에서 샤워 한 번 안 했단 말이지? 그럼 네가 그동안
갠지스강 위에 뿌린 돈이 얼마인지 말해봐."

갠지스강에 뿌린 돈이야 많지. 나는 배도 많이 탔고
십 루피짜리 디아를 여러 개 띄우고 소원도 많이 빌었다.

나는 수영을 못해서 물에 대한 두려움이 있어서 그랬다고 대충 둘러대고 도망쳤다. 그들이 심하다는 생각은 들지 않았다. 그들 입장에서는 갠지스강에서 목욕을 하는 게 일종의 예의였을 것이다. 여행객으로서 그걸 존중해줄 필요가 있다고 생각했다. 나는 미안하다고 외치며 도망쳤다.

델리로 돌아가는 기차 안에서 어쩌면 그것도 사랑의 방식과 관계된 질문이 아니었을까 싶었다. 병균이 옮을까봐 강물에 발밖에 못 담갔으면서 디아를 잔뜩 사서 강 위에 띄워 기도해놓고, 그걸 또 반성하며 갠지스강 정화 운동을 위해 기부하겠다고 설치는 것이 이방인의 사랑이라면, 갠지스강에 빨래하고 시체 버리고 각종 쓰레기를 투척해놓고도 그 물에 목욕하고, 그 물을 기꺼이 마시는 것이 힌두인들의 사랑 아닐까. 소중한 강이라면서 왜 그렇게 오염시키느냐는 말은 꺼내보지도 못할 만큼의 어떤 애정. 애증에 가까운.

옥상

바라나시를 걷다 보면 낮에 젊은 여성은 거의 볼 수가 없다. 길에서 데이트하는 젊은이도 별로 없다. 미혼의 여자들은 대부분 집에 갇혀서 지내고 옥상 정도가 유일한 산책 코스라는 얘기를 들었다. 그래서 게스트하우스 옥상에 올라가봤더니 정말로 옥상마다 여자들이 있었다. 돗자리를 펴고 낮잠 자는 여자들, 빨래를 너는 여자들, 긴 머리를 빗고 있는 여자들, 하염없이 앉아 있는 여자들, 난간에 서서 거리를 구경하는 여자들.

그렇게 집에서만 지내다가 때가 되면 부모님이 정해준, 얼굴도 모르는 사람과 결혼을 하는 경우가 많다고 한다. 그러면 연애는 어떻게 하는지 궁금하던 차에 기회가 되어서 게스트하우스 주인의 친척이라는 젊은 인도 여성에게 물어봤다. 그녀는 집안일을 도우며 대학 입시 준비 중이었는데 애인이 뭄바이에 있다고 했다, 기차를 서른 시간 동안 타고 가야 하는 도시에. 딱 한 번 만났고, 친척의 결혼식장에서 첫눈에 반한 그 둘은 전화와 편지로 소식을 주고받기 시작했다. 결혼이 예정된 사이가 아니라면 길거리에서 데이트하는 게 쉽지 않았던 당시 인도 젊은이들에게 연애란 '긴 통화'를 뜻했다. 대여섯 명과 동시에 연애하는 사람도 있는데 그래서 밤 열두 시에 통화를 하는 게 중요하다고 했다. 부모님이 잠드신 이후에 전화해야 하므로 그렇기도 하지만, 자신이 가장 아끼는 상대와 정각 열두 시에 통화한다는 암묵적인 규칙이 있다고 했다.

그녀도 뭄바이에 사는 애인과 밤 열두 시에 통화한다고 자랑스럽게 말했다. 그녀가 선물로 보냈다는 시계를 차고 찍은 그의 사진을 슬쩍 보여주었다. 낮에 전화를 할 때도 있는데 그 전화는 받지 않기로 서로 약속했다고 한다. 부재중 전화가 오면 missed call로 찍히고 둘 사이에 그건 'I miss you'라는 의미였다. 그 얘기를 들은 이후로 인도에 머무는 동안 자정이 되면 나도 괜히 두근거렸다. 인도 전역에서 사랑에 빠진 영혼들이 일제히 통화 버튼을 누르고 있겠구나 싶어서.

옥상에 여자들만큼이나 많은 게 또 있는데 바로 연 날리는 아이들이다. 바라나시에는 연 날리는 날이 있다. 휴일을 정해서 연 날리는 날이 따로 있다는 것도 놀랍지만, 정말 옥상마다 사람들이 가득하고, 온종일 하늘에 수백 개의 연이 날아다닌다. 아이들은 최고로 멋진 옷을 꺼내 입고, 모든 자존심을 걸고 연 따기에 매진한다. 바라나시 스타일로 말하자면, "No eating, No toilet, Twenty-four hours, Only playing."

　실제로 보면 미쳤다고 할 수밖에 없는 아름다운 풍경이다. 연들이 수백 개 떠 있고, 각각의 리듬으로 미세하게 흔들린다. 보고 있으면 묘하게 마음이 동한다. 바닷속의 해파리가 부유하는 것 같기도 하고, 잠수해 있는 듯한 느낌이 들면서 살며시 몽롱해진다. 하늘도 푸르고. 각자 자유롭게 떠다니는 와중에 서로 접속하려고 애쓰는 연들. 그 각각의 연마다 사람이 하나씩 매달려 있다는 지극히 당연한 사실에 깜짝깜짝 놀라곤 했다.

바르카

바르카는 바라나시에 사는 어린이고 내 친구다. 바라나시에 온 여행자라면, 그리고 비쉬누레스트하우스 앞에 있는 유명한 이모짱 짜이집에서 차를 마신 사람들은 모두 바르카와 친구가 된다. 바르카는 가트를 돌아다니며 엽서를 판매하는데 누구든 5분 만에 친구로 만들 수 있다. 여행자라면 매일 짜이를 마실 수밖에 없고, 날마다 바르카를 만나게 된다. 우리는 바르카를 사랑할 수밖에 없고 매일 엽서를 사게 된다. 엽서는 인쇄 상태가 조악하지만 값이 무척 싸고 갠지스강 사진이 들어 있다. 우리는 날마다 엽서를 사서 결국 비슷한 엽서가 백 장도 넘게 된다.

바르카는 영어를 잘하고 기억력이 좋아서 모든 이들의 이름과 사연과 여행 일정을 기억한다. 노천 짜이집에 바르카가 나타나면 언제나 반갑고 바르카와의 대화는 즐겁다. 바르카가 나를 친구로 대해주는 게 영광스럽게 느껴

136

지기도 한다. 그러다가 어느 날 문득 깨닫는다. 우리가 친구인 것은 확실하고, 영어로 친구 사이의 대화를 하고 있지만 그녀는 아직 어린이라는 사실을. 바르카는 교복을 입은 채 학교에 가야 할 시간에 가트를 누비며 우리에게 엽서를 팔고 있다는 사실을. 그리고 우리는 평생 다 쓰지도 못할 엽서를 백 장도 넘게 사고 있다는 것을.

바르카는 사람을 좋아하고 장사하는 것도 좋아한다. 바르카는 장사를 꽤 잘하고 그에 대한 자부심도 크다. 하지만 바르카의 엽서를 사줄 사람이 존재하는 한, 바르카는 엽서를 파는 것이 학교에 가서 공부하는 것보다 더 중요하다고 생각할 것이다. 어느 날부터 우리는 바르카에게 학교에 갔다 왔냐고 묻기 시작한다. 학교에 갔다 오면 저녁때 엽서를 사주겠다고 약속한다. 바르카는 그러겠다고 약속하고 그 약속을 지킨다. 학교에서 배울 필요도 없이 길에서 산수와 영어를 다 배워버렸지만 바르카는 약속을 지킨다.

하루는 바르카가 우리를 집에 초대했다. 바르카의 집에 가보고서야 바르카의 아버지가 뱃사공으로 버는 수입보다 바르카가 엽서 판매로 더 많은 돈을 번다는 사실을 깨달았다. 단칸방에 사는 바르카에겐 동생이 네 명 있고 그 가족들에게 바르카가 벌어오는 수입이 꼭 필요하다는 사실도.

우리가 어떤 선택을 하느냐에 따라 누군가의 인생이 바뀔 수 있다면 적극적으로 선택하고 행동하는 게 마땅할 테지만, 우리에게 과연 다른 사람의 인생에 관여할 자격이 있는가 생각해보면 마땅한 결론을 내릴 수가 없다. 이 모든 것이 참 어렵다. 나는 바르카에게 학교에 갔다 왔냐고 질문하기를 그만두었다. 하지만 엽서는 계속 샀다. 똑같은 엽서들이 늘어간다.

여행지에서 어린이로 사는 건 어떤 기분일까. 여행지 카페의 필수곡인 〈노 우먼 노 크라이〉를 개사해서 〈노 난, 노 짜파티〉라는 엉터리 가사의 노래를 부르는 어린이를 본 적이 있다. 바르카의 어린 사촌동생 모니카는 이런 가사로 노래를 부르기도 했다. "Today I'm leaving, because because I have no money." 바르카와 모니카는 전 세계 곳곳에 친구들이 있고, 정들 때쯤 그들은 모두 바라나시를 떠나간다. 돈이 떨어져갈수록 얼굴색이 어두워지다가 어느 날 큰 배낭을 메고 나타나 훌쩍 안녕을 고하며 떠난 얼굴들이 이 어린이들의 마음속엔 얼마나 많을까. 그 얼굴들이 어떻게 기억되어 있을까. 이 어린이들은 여행자의 얼굴만 보고도 이들이 언제 이 도시를 떠날지 맞힐 수 있을 것이다.

여행을 갔다 오고 십 년쯤 지나서 바르카가 잘 지내는지 궁금해서 인터넷으로 검색을 해보았다. 나보다 키가 훨씬 커진 바르카가 씩씩하게 배의 노를 젓고 있는 사진이 나타났다. 바르카의 아버지도 뱃사공이었다. 바라나시의 많은 사람들이 그렇듯이 그녀는 가업을 이어받아서 뱃사공이 되었다. 그때까지 나는 바라나시에서 여자 뱃사공을 본 적이 없었다. 바르카는 아마도 그 동네 최초의 여자 뱃사공이 되었을 것이다. 바르카는 똑똑하고 당당하고 멋지니까 그랬을 것이다.

타히티
프로젝트

두 번째로 인도에 방문하기 전해에 '타히티 프로젝트'에 참여하지 않겠냐는 제안을 받았다. 뭔지는 모르지만 일단 한다고 했다. 영화과 동기 J는 일주일 뒤에 가장 가고 싶은 여행지로 떠날 여행 가방을 꾸려서 '떠나는 날의 상태'로 공항으로 나오라고 했다. 그리고 J에게서 메일이 한 통 왔다.

당신은 타히티에 갈 예정이다. 혹은, 자신이 꿈꾸는 어떤 곳으로 갈 계획이다. 꼭 한번 가보고 싶은 곳이라든가, 평소에 가기 힘든 곳, 아주 좋아하는 곳, 혹은 가장 사랑하는 누군가가 사는 집이 될 수도 있다.

당신은 자신을 위해, 하나뿐인 여행을 위해 짐을 꾸린다.

나는 당신에게 어디로 갈지 생각할 시간과 짐을 싸고 정리할 시간을 주고, 우리는 '여행을 떠나는 날'의 상태로 만나서 사진을 찍는다.

당신과 당신의 가방 혹은 짐, 그리고 목적지를 알아본다. 가장 필요한 것이 무엇인지, 소중한 것이 무엇인지 들어본다. 그 외에 함께 가고 싶은 사람, 만나고 싶은 동물 등이 필요할 수도 있다.

우리는 그 모든 것을 기록한다.

그리고 일 년 뒤, 혹은 몇 년 뒤, 계획이 실행되었는가를 추적한다. 실행이 될 때, 당신은 내게 연락을 줄 수 있다. 떠나기 전 우리는 그것을 촬영한다.

그리고 돌아와서 새로운 여행지를 설정한다.

나는 인도의 브린다반으로 가기로 결정했다. 브린다반은 내가 사랑했던 사람이 언젠가 스치듯 얘기했던 곳이었다. 그곳에 멋진 사원이 있다고 했다. 상상 속에만 존재하는 그곳에 진짜로 가는 것처럼 나는 여행 가방을 꾸렸다. 진짜 여행이었다면 그곳에 갈 생각을 하지 않았을 것이다. 여행 책자에도 나오지 않는 그런 곳을.

인도에서 캐리어를 끌고 다니는 건 불가능해서 백팩에 여행짐을 꾸렸다. 책 세 권을 고르고, 음악이 100곡 정도 들어가는 아이리버 엠피쓰리 플레이어에 음악을 골라 담았다(스마트폰이 나오기 전이었다). 사랑하는 사람들의 사진을 넣고, 엽서를 띄울 사람들 주소도 적고, 좋아하는 옷들을 싸고 나니 새벽이었다. 그러고 나서도 여행 가기 전

140

날처럼 가슴이 두근거려서 정말 잠을 못 이뤘다.

　다음 날 J가 수동카메라를 들고 우리 집에 찾아왔다. 배낭을 메고 여행을 떠나는 모습을 카메라에 담았다. 현관에서부터 공항버스 안과 인천 공항까지. 비행기 도착 알림판을 올려다보고, 배낭 무게를 저울에 재보고, 환전소 앞에서 줄도 서보았다. 외국인 단체 여행팀들 옆에 서서 주의사항도 같이 듣고, 공항의 긴 의자에 누워 쉬다가, J가 싸 온 간식도 나눠 먹었다. J는 배낭 속 짐을 꺼내어 공항 바닥에 펼쳐놓고는 하나씩 사진으로 기록했다. 나는 공중전화로 S에게 전화를 걸었다. "나 지금 떠나. 갑자기 그렇게 되었어. 돌아오면 연락할게." 그런 다음 탑승구로 가서 이름 모를 승객들을 배웅하고 떠나는 비행기들을 황망히 보다가 집으로 돌아왔다.

　집으로 돌아가는데 들떴던 마음이 가라앉으며 심란해졌다. J는 그것도 일종의 여행이었으므로 여행을 끝내고 집에 돌아갈 때의 기분이 찾아와서 그렇다고 했다. 집에 돌아왔는데 나는 배낭을 풀지 못했다. 그 백팩은 한동안 방 한구석에 그대로 있었다. 그러고 나서 우리 둘 다 그런 사진을 찍었던 것을 잊어버렸다.

　일 년 뒤 나는 정말로 배낭을 메고 인도의 브린다반으로 가고 있었다. 브린다반에 가야 할 이유는 딱히 없었지만 어쩌다 보니 그곳에 가고 있었다. 타히티 프로젝트의 그 사진들이 주술이라도 건 것처럼. '마법'이란 결국 '의지'와 동

141

의어라는 세상의 비밀 한 가지를 알게 된 채로.

브린다반은 크리슈나의 탄생지로 알려진 마뚜라에서 조금 떨어진 작은 도시인데 이스콘 사원으로 유명하다. 브린다반의 첫 느낌은, 관광화된 큰 절 앞처럼 번잡하다는 것이었다. 이곳이 사람이 살만한 데가 못 된다는 것을 금방 알아차렸는데 맛있는 짜이집이 없기 때문이었다. 오래되고 맛있는 짜이집이 자랄 만한 토대가 부족해 보였다. 도시 자체가 엉성하게 이어져서 붕 떠 있는 느낌이었다. 인도에 멋진 곳이 그렇게 넘쳐나는데 왜 굳이 이런 멋도 없고 짜이도 맛없는 동네에 찾아왔을까? 숙소를 찾아 번잡한 골목을 헤매며 중얼거렸다. "내가 어쩌다가 여기에 있을까. 여기서 왜 이러고 있을까."

내 평소의 신념 한 가지는 '내가 여기서 왜 이러고 있을까' 중얼거리는 순간이 많을수록 잘 살고 있다는 증거라는 건데, 그날만큼은 그 신념이 틀린 것 같았다. 머릿속은 후회와 번뇌로 가득 찼다. 하지만 신기하게도 그 모든 번뇌가 이스콘 사원에 들어가는 순간 사라졌다. 그곳은 다른 차원의 세계 같았다. 여기저기 온통 꽃이었다. 향기가 진동했다. 사원은 아름다웠고, 그곳의 사람들은 더욱 아름다웠다.

다양한 인종과 나이대의 사람들이 각자 저마다의 방법으로 자유롭게 기도를 드리고 있었다. 서로 눈치를 보지도 않았고 다들 하고 싶은 대로 하는 것 같았다. 각자의 방법으로 최선을 다해 사랑을 찬양하는 사람들이 거기 있었다. 한쪽에서는 하모니움, 브리당감을 연주하며 하레 크리슈나, 하레 크리슈나 반복해서 노래를 불렀다. 꽃을 바치고 노래 부르는 게 전부라니, 사랑스러운 종교였다. 느린 박자로 시작한 노래는 점점 빨라지면서 절정에 이르렀는데 그 과정에 카타르시스가 있었다. 쿨함과 경쾌함을 겸비한 사람들이 기쁨을 주체할 수가 없는지 덩실덩실 막춤을 추었다. 그런 장면을 '전국노래자랑' 이외의 곳에서 본 게 처음이었다.

그러다가 갑자기 모든 음악이 멈추고 사람들도 멈추었다. 정적이 흐르더니 대 스승 같은 사람이 걸어와 앉았다. 그는 영어로 《바가바드 기타》 강독을 시작했다. 나는 조금도 알아들을 수가 없었는데 영어가 아니라 한국어여도 마찬가지였을 것 같다. 그들은 신들의 대화를 하고 있는 것 같았다. 강독이 끝나고 질의 응답이 시작되었다. 한 신도가 영국식 영어로 질문을 던졌고 질문과 답이 계속해서 오갔다. 나는 물질세계, 아내, 사원 등의 몇몇 단어만 간신히 알아들었다. 그런데 갑자기 뭔가 알 것 같은 기분이 들었다. 깨달음을 구한 적이 없었지만 그 순간 사랑에 관한 한 가지 깨달음이 나를 찾아왔다.

그들은 지금 사랑의 신 크리슈나의 사원에 예배 드리러 먼 곳에서 왔고, 사랑하는 가족들과 친구들은 여전히 떠나온 곳에 있었다. 크리슈나가 사랑의 신이라면 그 신은 이곳 이스콘 사원이 아닌 그들이 사랑하는 사람들의 마음속에 있을 것이란 자명한 진리였다. 그럼 우리가 사랑의 신을 위해 할 수 있는 최선의 삶은 사랑하는 사람들과 가능한 한 오랜 시간을 함께 보내는 것이 아닐까?

그 답이 그 사원에서 오랫동안 나를 기다려왔던 것처럼 나를 찾아왔다. 그 답을 스스로 구하기 위해서 브린다반까지 갔어야 했던 것 같다고 생각했다. 나의 타히티는 내가 떠나온 곳, 사랑하는 사람들이 사는 도시에 있었다. 나는 다음 날 바로 브린다반을 떠나 내가 사랑하는 친구들이 먼저 가서 기다리고 있는 바라나시로 갔다.

III

도시의 지문

지구의 거울

'연인'이란 단어의 유래는 '거울을 들고 있는 사람'에서 비롯되었다. 이에 대한 근거는 없다. 왜냐하면 내가 방금 만든 말이기 때문이다. 하지만 연인이란 단어에 그런 뜻이 없다는 게 더 이상하다. 거울을 들고 있는 사람을 뜻하는 단어를 연인을 뜻하는 말로도 쓰고 있는 사람들이 지구 위 어딘가엔 분명히 있을 것만 같다.

연인은 거울을 들어주는 사람이고, 내가 나를 더 잘 볼 수 있도록 도와주는 사람이다. 좋은 사랑은 나 자신을 더 정확히 보게 한다. 서로 거울을 들고 서로를 비춰주는 관계는 두 사람을 다 성장시킨다. 첫눈에 사랑에 빠지는 이유는 그 사람이 거울을 정확한 각도로 잘 들고 있었기 때문이다. 여행을 다녀오는 일이 먼 땅에 거울을 하나 만들어두고 오는 일이라고 생각하면 어떨까.

지구도 늘 거울을 들고 있다. 전파망원경은 지구가 힘겹게 들고 있는 거울이다. 도달하기까지 아주아주 오래 걸리는 먼 곳에 있는 누군가를 위해 들고 있는 작고 외롭고 쓸쓸한 거울이다. 기약 없는 긴 기다림을 뜻하는 거울이기도 하다.

반대로 1977년에 쏘아 올린 무인 탐사선 보이저호는 지구가 떠난 여행이자 지구에서 쏘아 올린 거울이다. 칼 세이건은 지구 위의 아름다운 것들을 총 망라하여 외계인에게 보내는 골든 디스크에 가득 담아 보이저호에 실어 보냈다. 하지만 보이저호는 누군가를 만나기 위해서 긴 여행을 떠난 것이 아니다. 그 편지의 수신인은 지구인이다. 보이저호가 우리가 스스로에게 보낸 편지라는 것을 칼 세이건은 알고 있었다. 1990년에 보이저호가 태양계 바깥쪽을 향하던 카메라를 돌려 창백한 푸른 점처럼 보이는 지구 사진을 보내왔을 때 첫눈에 반한 것처럼, 그 거울에 비친 우리는 그제서야 우리 자신이 누군지 알게 되었다. 광활한 우주에 떠 있는 보잘것없는 존재, 푸른 별 우리 지구, 그것은 지구인이 지구인에게 보내는 편지고 사랑이었다.

그 보이저호가 한 것을 하려고 우리는 매번 비행기 티켓을 산다. 떨어져서 나를 보려고. 내가 아닌 것을 거두어내어 버리고 보다 정확하게 나를 보려고.

연인들

피츠버그에 있는 앤디 워홀 뮤지엄에 갔을 때의 일이다. 지하층에 다소 뜬금없이 즉석 증명사진 부스가 있었다. 증명사진으로 사용할 만한 사진이 아니라는 것과 사진이 제대로 안 나와도 환불해줄 수 없어서 미안하다는 안내문이 붙어 있었다. 얼마나 미안한 사진이 나오기에 그런 안내문까지 붙였는지 궁금해서 찍어봤는데 신기하게도 디지털 프린팅이 아니라 물이 덜 마른 흑백 인화지가 나왔다. 정착액 냄새가 그대로 남아 있었다. 그리고 더 신기하게도 물이 완전히 마른 후에 종이가 반으로 갈라졌는데, 뒤에 다른 사람의 사진이 붙어 있었다.

내가 사진 찍을 때 앞에 하염없이 앉아 있던 커플이 있었는데, 사진이 기계 안쪽 어딘가에 걸려 있다가 내 사진에 붙어서 같이 나온 것 같다. 노출 과다에 정착액도 제대로 묻지 않아서 검게 타버린, 아주 아름다운 사진이었다.

돌려주려고 했지만 그 커플은 이미 사라진 뒤였다. 솔직히 말하면, 그들이 여전히 거기에 있었어도 나는 사진을 돌려주지 않았을 것이다. 남의 연애를 훼방 놓으려는 심보는 아니고, 이런 아름다운 사진은 두 번 다시 마주칠 일 없는 낯선 사람이 간직하는 게 더 맞다는 생각이 들었다. 왜냐하면 진실의 속성이 원래 그러하니까.

여행 와서 집에 두고 온 내 모습을 거울에 비추듯이 바라보면 그때까지 안 보이던 것들이 보인다. 내가 반복해서 실수를 저질렀던 관계의 양상도 그제서야 보인다. 바로 그 사람이라서 매혹되었다고 생각했지만 사실은 늘 같은 관계를 반복했고, 대신 그 자리를 차지해줄 사람을 만났던 것 같다. 그건 마치 포토샵 같은 이미지 보정 프로그램에서 투명 레이어를 쌓아서 최종 파일을 완성하는 것과도 같다. 결국 한 파일 안에서 레이어 밑장을 빼서 위에 올리고만 있을 뿐이다. 반복되고 겹쳐져야 보인다. 내가 원했던 것은 그 사람이 아니라 그 역할을 수행해줄 사람이었고 결국엔 같은 관계로 돌아가게 된다는 것을. 시간은 흐르는 게 아니라 레이어처럼 쌓이기만 한다는 것을.

20대 때의 나는 자존감이 낮았고 내가 사랑받을 자격이 없다고 생각했다. 상대방도 그걸 인정해주길 바라면서 동시에 그럼에도 불구하고 나를 사랑해주길 바랐다. 마냥 내가 좋다는 사람에겐 흥미를 잃었고, 나를 사랑해주지 않는 사람에게도 흥미를 잃었다. 내가 나 자신에 대해 가지고 있는 복잡한 감정에 동조해줄 사람을 찾아다녔다. "너

172

는 부족한 사람이고 사랑받을 자격이 없다"와 "하지만 나는 너를 사랑한다" 두 가지 모순된 감정을 동시에 수행할 수 있는 사람을 물색했다. 그건 필연적으로 망하는 지름길이고 나쁜 연애가 될 수밖에 없었다. 나도 상대방에게 똑같은 행동을 하고 그럴 수 있는 상대만을 찾아다니기 때문이다.

나는 자신의 지옥을 드러내는 사람들을 찾아다녔다. 사람은 누구나 자신만의 지옥을 가지고 있다. 대개는 그 사실을 잊어버리거나 감추지만 아낌없이 자신의 지옥을 드러내는 사람도 있다. 그런 사람들을 어쩔 수 없이 사랑하게 된다. 모든 감정은 똑같은 크기의 감정이 받쳐주고 있다. 나의 지옥과 상대방의 지옥의 크기가 비슷해 보일 때, 서로를 끌어당기는 힘이 생기고 동시에 밀어내는 힘도 생긴다. 그렇게 서로의 지옥이 된다.

거울로 서로를 비추며 무한히 가깝게 다가가는 두 연인의 이미지를 상상하면 오히려 더 슬퍼진다. 그럴 때 세상에서 가장 숨기 좋은 장소는 거울 뒤인 것 같다. 서로 사랑하는 사람들끼리 닮아가는 얘기나 서로 닮은 사람들끼리 사랑하는 얘기는 늘 슬프다. 사랑하는 사람들은 서로 더욱 닮기 위해서 노력하고 그렇게 상대방에 가까워지다가 결국에 상대방을 뚫고 지나가 서로 전혀 다른 사람이 된다는 이야기를 읽은 적이 있다. 내가 아는 한 가장 슬픈 이야기다.

알랭 바디우Alain Badiou는 사랑은 개인인 두 사람의 단순한 만남이나 폐쇄된 관계가 아니라 무언가를 구축해 내는 것이고, 더 이상 하나의 관점이 아닌 둘의 관점에서 형성되는 하나의 삶이라고 했다. 인간은 거리가 약간 떨어 져 있는 좌우 눈을 통해 하나의 물체를 바라보는데 이 방 향 차이에 의해서 대상을 입체적으로 인식하고, 3D 디스 플레이도 이런 양안 시차를 이용하여 입체 영상을 구현한 다. 인간도 마찬가지로 약간의 시차를 가진 두 개의 관점 이 하나로 움직일 때 세상을 입체적으로 볼 수 있다.

사랑은 두 사람이 마주 볼 때가 아니라 자신의 모습을 잘 알게 된 두 사람이 마주 선 몸을 돌려 나란히 앞을 보고 각각이 하나의 눈인 듯 두 개의 관점을 가진 한 생명체처럼 움직일 때 더 큰 힘을 갖는다. 그걸 배우기까지 참 많은 거 울을 들여다보았다.

174

도시의 지문

미국의 피츠버그에서 몇 달 지낸 적이 있다. 그때 머물던 방은 시내에서 약간 떨어진 주택가에 있었다. 그 동네엔 오래된 집들만큼이나 오래된 나무들이 많았다. 그 풍경이 이상하게 낯설었는데, 나는 실제로 오래된 나무를 본 적이 별로 없다는 사실을 깨달았다. 오륙십 년 전 전쟁으로 다 불타버리고 한번 초토화된 적이 있는 나라에서 태어나고 자랐다는 사실을 비로소 실감했다. 오십 년 이상 된 나무가 별로 없는 나라에서 나고 자랐다니, 갑자기 내 삶이 그만큼 얄팍해진 느낌이었다.

　나이테가 나무의 나이를 알려주는 것처럼 도시에도 나이테가 있다면, 그건 나무들이 아닐까? 거리의 나이를 알고 싶다면 가로수를 보면 대충 짐작할 수 있다. 거리가 조성될 시기에 틀림없이 나무가 먼저 심어졌을 테니까. 같은 블럭에 있는 집들은 외양은 달라도 비슷한 시기에 지어진 것 같았고 집 앞 나무들과 연식이 대충 비슷할 듯했다.

나무는 도시의 나이테일 뿐만 아니라 다른 것들도 알려준다. 서울의 나무는 언제나 높이 떠 있는 느낌이 드는데, 그건 가지치기를 심하게 하기 때문이다. 상가의 간판을 가리지 않도록 1층 높이의 가지들을 다 잘라버려서 나뭇잎들은 위에만 떠 있고 짧은 가지들이 이상한 혹 모양으로 남는다. 서울 사람들이 무엇을 더 중요하게 여기는지 나무들은 숨김없이 보여준다.

높은 빌딩이 즐비한 뉴욕 맨해튼의 나무들도 마찬가지로 자연스러워 보이지 않았는데, 바람 때문이다. 도시의 바람은 높은 건물들 사이를 휘돌아다녀야 한다. 그래서 모퉁이의 나무들은 바람이 지나가는 한쪽으로만 휘어 있다. 그 도시가 인간한테 가하는 압력이 그대로 나무들에도 가해지고, 그 모습 그대로 나무의 몸으로 거울처럼 보여주고 있다고 생각했다. 눈에 나무만 보이는 사람이 있다고 해도 그는 나무만으로도 도시의 모습을 재현해낼 수 있을 것이다.

공원을 찾아가서 오래된 나무 하나를 오래도록 바라본 적이 있었다. 두 팔을 다 벌려도 다 안을 수 없는 큰 나무였다. 그 도시가 얼마나 오래되었는지 알려주는 나무였다. 도시의 주인 중 하나라고 할 만한 나무였다. 5분당 한 마리 꼴로 산책 나온 개가 오줌을 누고 갔다. 지금껏 그 나무에 오줌을 눈 동물은 몇 마리나 될까 문득 궁금해졌다. 냄새로만 세상을 만나는 사람이 있다면 그에게 그 나무는 어떤 생물일까? 냄새가 캐릭터라면 그 나무의 캐릭터는 얼

Ⅲ. 도시의 지문

176

마나 복잡하고 미묘할까? 그 나무는 동물의 냄새를 풍길 것이다. 그러니까 나무는 수많은 동물이기도 하다. 매일 산책하며 나무에 소변을 보는 동물들한테는 나무가 일종의 지도일 것이다. 나무는 오줌으로 그려진 지도이기도 하다.

　　나무는 한 번도 날 만나러 온 적이 없다. 늘 내가 찾아가서 만나야 한다. 그게 이상하게 느껴질 때가 있지만 그래도 괜찮다. 나무니까. 나무는 나무니까. 내가 이 나무를 만나기 위해서 이곳까지 온 건 아닐까란 생각을 종종 했다. 그 생각은 나로부터 나온 게 아니라 나무가 나한테 건넨 말이라고 생각한다.

보이지 않는
사람들

피츠버그는 나한테 너무 심심한 도시였는데 정말이지 갈 곳이 마트밖에 없었다. 결국 마트야말로 미국인들의 놀이동산이라는 것을 깨달았다. 이들은 소비하기 위해 태어난 사람들 같았다. 카트 두 대를 꽉꽉 채운 채 계산을 기다리는 미국인들을 보면 사들인 물건을 쌓아놓기 위해 큰 집에 사는 것 같았다. 쿠폰 익스트림이라는 단어도 있다고 하니 이들은 이걸 스포츠로까지 발전시킨 것 같다. 미국은 소비로 지탱되는 사회이기 때문에 끊임없이 소비를 권장할 수밖에 없다고 들었다. 나라가 거대하니 좋은 것도 나쁜 것도 커다란 규모로 나타나는 것 같았다.

솔직히 말하면 나도 마트를 꽤 좋아했다. 특히 유기농 마트를 좋아했다. 집 근처에 슈퍼마켓 하나 없고 홀푸드만 있어서 어쩔 수 없이 거기서 장을 보는데 갈 때마다 설렜다. 재료들도 싱싱하고, 배치가 너무 아름다워서. 유기농 마트에서 산 좋은 채소와 고기들을 봉투에 가득 담아 들고 집에 오면 기분이 좋아지지만, 어느 날 불현듯 이 땅에서 나는 모든 식품이 다 유기농은 아닐 텐데 그렇지 못한 식품들은 다 어디로 갔을까에 대해 의문이 들면서 미국이란 나라가 무서워지기 시작했다. 마트까지 가는 길도 아름다운 주택가로 어디든 깨끗하다. 모두가 그런 건 아닐 텐데 왜 보이지 않는 걸까?

한번은 낯선 길 산책 중에 낯익은 마트 간판을 보고 들어갔다가 깜짝 놀란 적이 있다. 계산대 앞마다 무장한 경찰이 있었고, 고객은 모두 흑인이었다. 상품들의 배치도 달랐다. 똑같은 기성품들이었지만 진열된 상품이 결코 같아 보이지 않았다. 결국 하나도 못 사고 마트를 나왔다. 분명히 똑같은 이름의 마트가 몇 블록 옆에 있었는데 완전히 딴 세상이었다. 그것은 분명히 분리하기 위한 것이었다. 그곳에 가보지 못했다면 나는 그런 곳이 없다고, 그런 사람들이 없다고 생각했을 것이다. 구별하고 분리하고 잊어버리기 위해 만들어놓은 곳이었다.

이제까지는 한국의 문제점 중 하나가 '잘사는 사람들에 대한 부러움'이라고 생각했다. 내 자식이 대학에 잘 가면 우리도 잘살 수 있을 거라는 믿음이 사람들을 참고 견디게 하고 더욱 욕망하게 하고, 그 욕망으로 굴러가는 사회가 바로 한국이라고. 그래서 더욱 견고하게 사회가 유지되도록 사람들이 더 가진 자를 부러워하게 만들고, 격차가 더 벌어지게 다들 주력하고 있다는 게 참 무섭다고 생각했는데,

179

미국을 보고 그것보다 더 무서운 것이 뭔지 깨달았다.

　적어도 한국은 서로에 대해 인식은 하고 있다. 그런데 미국에서는 아예 구별을 지어놓고 높은 담을 세워 분리해 놓고 마음 편히 그런 사람들이 없다고 생각하기로 한 것 같았다. 때때로 기부금이나 보내놓고 보이지 않는 사람들이 되어달라고 부탁하는 나라. 앞으로 한국이 가려는 곳이 그런 나라인 것은 아닌지? 좀 더 확장해서 보면 한국 또한 미국의 그런 존재가 되어가고 있는 건 아닐까? 미국은 더 이상 안전하지 않은 식품에 대해 걱정할 필요가 없다. 미국인들이 먹지 않을 테니까. 그걸 받아들인 나라가 있고 대가를 지불했으니 마음 편히 그런 곳이 없다고 생각하면 된다. 마치 쓰레기통에 담아놓고 잊어버리듯이. 한국 역시 마찬가지로 환경에 해로운 폐기물들을 가난한 나라에 돈을 주고 갖다버리고 있지만, 그것에 대해 지적하는 한국인이 전혀 없다는 것을 생각해보면 마찬가지다.

　우리도 모르는 사이에 우린 많은 사람을 보이지 않도록 만들어왔다. 하지만 이게 나라들 사이의 문제는 아닌 것 같다. 더 넓게는 국가를 넘어서서 자본의 힘만을 믿고 자본에 복종하는 종족과 그렇지 않은 종족들의 대결인 것 같기도 하다. 돈의 힘만을 믿는 사람들이 그렇지 못한 사람들에게 별로 감당하고 싶지 않은 것들과 함께 약간의 위로금을 주고 보이지 않는 척해달라고 부탁하고 있는 건 아닌 걸까? 나 역시 예외는 아니어서 감당할 수 없는 건 못 본 척하고, 그런 세계는 보이지 않고 존재하지 않는다며 모른 척해왔던 건 아닐까? 나도 모르는 사이에 이 세상의 소중한 많은 사람들을 보이지 않는 이들로 만들어버린 건 아닐까?

거의 하루 종일 땡볕을 걸어 다녔다. 아이폰 배터리가 떨어진 채로 길을 잃었기 때문이다. 오후 다섯 시쯤 간신히 도착한 숙소는 브루클린의 낡고 허름한 동네에 있었다. 전날은 맨해튼에서 지냈기 때문에 브루클린도 경험해보고 싶었다. 하지만 지하철을 타는 순간부터 후회했다. 뉴욕의 낡고 허름한 동네란 게 어떤 것인지 나는 정말로 몰랐던 것 같다. 슬럼가도 아니고 적당히 가난한 동네였는데도 나는 어쩔 줄 몰라 했다. 한국의 도시들이 상향평준화된 곳이라는 것을 뒤늦게 깨달았다.

길 한가운데 비닐봉지가 있었고 차가 그 위로 지나가자 유리 파편이 사방으로 튀어 올랐다. 소방 호수관에서 물이 계속 흘러나오고 있었고 아이들이 지저분한 물속에서 쓰레기를 던지며 놀고 있었다. 그 앞집 계단엔 낡은 오디오가 나와 있었고, 시끄러운 음악에 맞춰서 동네 주민들이 춤추면서 싸우고 있었다. 해가 적당하게 넘어가고 있었고 빛이 좋았다. 그 장면을 찍는다면 낭만적인 사진이 나오리라는 걸 알았지만, 카메라를 꺼내 들 수가 없었다. 멋진 장면을 연출하고 있는 사람들에게 나는 실제로 위협을 느끼고 있었기 때문이다.

세상에 대해 화가 나 있을 뿐인, 알고 보면 선량할 그 사람들이 내게 해코지를 하진 않을 테지만, 내 몸은 경계하고 있었다. 누군가가 당장 총을 꺼내 나한테 쏠 수도 있다고 느꼈다. 한국, 일본, 인도, 태국… 그 어떤 곳에서도 느껴보지 못한 감각이었다. 두려운 건 두려운 것이고 그건 몸이 느끼는 것. 용기와는 상관없는 것이고 도저히 사진을 찍을 수가 없었다. 사진에 대한 열정이 두려움을 넘어서지 못한다는 사실에 다소 울적해졌다.

나는 이 재미난 동네에서 사진을 한 장도 못 찍고 돌아가리라는 것을 예감하며 지하철을 탔다. 내리자마자 살균세정제로 손을 꼼꼼히 닦고 윌리엄스버그에 있는 카페로 들어갔다. 가난한 예술가 코스프레를 하고 있는 동네 힙스터 한량들 사이에서 커피나 홀짝거리다가 이 동네를 떠날 테지,라고 생각했고 실제로 그렇게 했다.

커피 잔을 앞에 두고 몸이 느꼈던 두려움의 정체에 대해서 생각했다. 그건 아마도 이 도시가 벌거벗은 느낌이 들기 때문일 것이다. 내가 살았던 혹은 여행했던 도시들도 많은 문제점들이 있지만 그것들은 집 안에, 도시의 속살처럼 숨겨져 있었다. 하지만 브루클린은 그것이 뒤집어진 느낌이었다. 나를 스쳐 지나간 사람 중 몇몇은 당장 총을 꺼내 모두 쏴 죽이고 싶다는 생각을 했을 테고 그 생각들이 그대로 뛰쳐나와 거리에 쌓여 있는 것 같았다. 안과 밖의 경계가 없는 이상한 도시였다. 매력이라면 매력이지만 그 야만성이 두려워서 이틀 만에 뉴욕을 떠나 보다 안전한 피츠버그로 다시 피신했다.

뒤집혀진 인간

같이 살아가는 것들은 서로 닮기 마련이다. 사람들 얼굴 속에는 신의 얼굴이 조각조각 있고, 우리는 자연의 얼굴을 어디에서나 볼 수 있다. 오래된 나무를 지나칠 땐 늘 경이로운 감정에 휩싸이는데, 부드러움 뒤로 나무가 얼마나 견고하고 단단한지 새삼 깨닫게 되기 때문이다. 나뭇잎은 얇은 계절의 얼굴을 하고 있고 나무껍질은 그보다 오래된 자연의 얼굴을 숨김없이 보여준다. 광폭하고 거친 얼굴의 결을. 한 계절만 나고 사라지는 것들은 부드럽고, 계절을 쌓아온 나무껍질과 동물의 가죽은 좀 더 솔직하다. 나무껍질과 동물 가죽 사이의 감각. 그 한가운데 지점의 감각을 온전히 느껴보고 싶다는 생각을 한 적이 있다.

폭풍이 몰아치던 날, 잠든 갓난아이를 안고 창가에서 비바람 속에 서 있는 나무를 한참 동안 본 적이 있다. 비바람과 나무, 함께 사는 것들이 서로에게 얼굴을 새기고 있었다. 거칠고 딱딱한 얼굴. 그 순간 나는 '인간'에 대해 갑자기 두려움을 느꼈다. 인간은 너무 이상했다. 구름과 바다와 비와 바람. 그리고 식물과 동물들은 서로서로 닮아가고 있는데 인간은 정반대로 가고 있었다.

갓난아이는 너무나 보드랍고 연약했다. 공기의 결 사이사이로 흩어져버릴 것만 같은 부드러움이었다. 태양 빛 한 줌에도 사그라질 것 같은. 때론 폭력적이기까지 한 자연 속에서 살아가는 모든 것들은 가죽이나 털, 껍질 등을 갖고 있는데 인간만 그게 없었다. 어떻게 보드라운 피부를 유지할 수 있었을까? 어떻게 털을 머리와 몸 일부분에만 남겨놓을 수 있었을까? 어쩌다가 계속 자라는 손톱과 발톱을 갖게 되었을까? 계속 자라는 머리털은?

이 자연스러운 대자연 속에서 인간만이 자연스럽지 않아 보였다. 생명의 기운으로 가장 충만한 갓난아기가 특히 자연스럽지 않아 보였다. 그런 보드라움은 부당했다, 이 자연 속에서. 그렇다면 어쩌면 인간은, 안팎이 뒤집어진 존재가 아닐까? 보드라운 피부를 선택한 대신, 광폭한 자연이 새겨진 얼굴을 속으로 지녀서 광폭한 내면을 갖게 된 게 아닐까? 비바람 속에 나뭇가지들이 서로 문지르며 소리를 낼 때 인간은 서로의 감정을 할퀴어서 상처를 내는 데 몰두한다. 굳은살이 새겨진 감정을 획득한 자만이 평화롭게 눈 감는다. 평생 뒤집어진 안팎을 다시 뒤집으려고 노력하다가 땅속으로 들어가버리고 마는 존재, 그게 바로 인간이 아닐까.

184

그들은 여전히
살아 있습니다

뉴욕의 코니아일랜드를 방문했을 때 한쪽 구석에서 서커스 공연을 하고 있었다. "그들은 여전히 살아 있습니다!"라는 현수막을 보곤 안 들어가볼 수가 없었다. 공연장 입구엔 서커스단의 전성기 사진이 전시되어 있었다. 낡은 흑백사진들을 보고 있자니 마음이 애잔했다. 내가 만난 적 없는 사람들인데도 그립고 향수를 느꼈다. 기대에 차서 공연장 안에 들어갔으나 안의 공기는 생각했던 것과 달랐다. 바닷가에서 수영하다가 잠시 에어컨을 찾아 들어온 해변 패션의 관객들이 스무 명 남짓 앉아 있었고, 무대 위 공연자들은 퇴근하고 싶어 하는 금요일 오후 두 시의 직장인 같았다.

어릴 때 동네 공터에 서커스단이 천막을 치고 며칠 동안 머무르면서 서커스 공연을 한 적이 있었다. 공연이 끝나면 번호 추첨을 하고 상품도 주었다. 물론 이상한 약을 파는 데 더 오랜 시간을 들였다. 동네 사람들이 한 번쯤 다 다

185

녀갔고, 나도 갔었는데 어떻게 들어갔는지는 모르겠다. 동네 아이들과 함께 천막 구멍으로 몰래 기어 들어갔던 것 같다. 천막 안이 엄청나게 더웠던 것과 땀에 젖은 추첨 번호표가 바닥에 뒹굴던 것, 공중그네 같은 것들이 기억난다. 환호성과 박수도. 좀처럼 환호성을 지를 일이 없는 작고 지루한 동네에 잠시 찾아온 축제와 파티의 시간이었다.

기억 속의 서커스 단원들은 하나같이 키가 작고 말랐다. 다들 가족처럼 닮았고 똑같이 기묘했다. 어떤 특정한 동작만을 하도록 기능만 남은 몸과 텅 빈 얼굴들. 그들의 팔과 다리는 '기묘하다'라는 단어처럼 생겼었다. 그 기억은 무너진 천막과 찌그러진 철제 프레임들이 무덤처럼 쌓여 있는 이미지로 끝이 난다. 태풍이 지나가고 난 다음 날, 그들은 갑자기 나타났던 것처럼 갑자기 사라졌다. 다친 사람은 없었는지, 그 뒤로 어디로 떠났는지 아무도 모른다.

내 기억 속의 서커스와 달리 코니아일랜드의 서커스엔 흥분 대신 나른함이 있었다. 스탠드업 코미디와 홈쇼핑을 섞어놓은 것 같았다. 작고 초라한 무대에 배우가 한두 명씩 나와 별 멘트 없이 묘기를 보여주었고, 배우가 바뀔 때마다 관객들이 한 무리씩 사라졌다.

내가 들어갔을 때 한 남자가 머리에 커다란 코르사주를 단 풍만한 몸매의 흑인 여자에게 끈이 여러 개 달린 재킷을 거꾸로 입히고 있었다. 그는 끈을 이리저리 묶어놓고는 무대 뒤로 사라졌다. 여자는 약간 귀찮아하며 몸을 이리저리 뒤틀며 끈을 모두 풀고 재킷을 벗는 '묘기'를 했다. 그게 전부였다. 묘기보단 오히려 여자의 얼굴이, '내가 우스꽝스럽게 보일지도 모르겠지만 난 그런 거 모르겠어요. 다 귀찮기만 해요' 하는 표정이 그대로 가면처럼 붙어 있는 얼굴이 더 기묘했다. 그다음에 이어진 무대들은 신체의 일부분을 뒤트는 묘기, 손가락 관절을 빼는 묘기, 유리 조각을 밟는 묘기, 불을 먹는 묘기, 두 개의 칼과 사과 하나를 저글링 하며 사과를 열 입 베어 먹기 등등이었다. 놀랍기는 하지만 슬픈 것에 더 가까웠다. 보면 볼수록 마음이 쓸쓸해졌다.

멸종 위기 직전의 동물들이 그 동물이 될 수 있는 가장 핵심적인 것만을 갖고 있듯, 그 쓸쓸한 공연에는 최소한의 서커스만 남아 있었다. 특정 고통에 단련되어서 더 이상 고통을 느낄 수 없게 된 사람들이 그 안전하고 습관화된 고통을 보여주고, 관객들은 그 감각에 자신을 대입하고 낯선 감각에 고통스러워했다. 다행히도 아직 무대 위의 광대에게 자신을 대입하고 공감할 줄 아는 소수의 사람들이 여전히 살아 있었고 무심하게 앉아 있는 사람들 사이에서 그 소수의 사람들이 소리를 지르며 손뼉을 쳤다. 손뼉을 치기에는 조금 머쓱한, 뭔가 한숨이 나오는 그런 묘기들이었으므로 사람들 박수 소리가 어쩐지 더 슬프고 쓸쓸했다. 언젠가 공감이란 걸 할 줄 아는 사람들이 다 멸종되고 나면, 저 쓸모없는 것들을 오랫동안 연마해온 사람들은 어떻게 되는 걸까 궁금해졌다.

바로 그다음 날, 유니온스퀘어의 극장가를 걷다가 곧 시작할 공연의 현장 티켓을 할인 판매하는 것을 보곤 무슨 공연인지도 모르고 충동적으로 티켓을 사서 들어갔다. 일곱 명의 배우가 플롯 없이 최소한의 캐릭터만을 가지고 몸의 움직임을 보여주는 연극이었다. 아름다운 근육질 몸매를 가진 배우들이 춤과 묘기의 중간쯤 되는 것들을 보여주는데 바로 거기에 어릴 적 서커스에서 보았던, 전날 코니아일랜드 서커스에서는 못 봤던 묘기들이 다 있었다. 줄타기, 공중제비 돌기, 원반 굴리기 등등. 물론 어릴 때 봤던 서커스보다는 열 배쯤 더 멋졌고, 스무 배쯤 훨씬 더 세련되었다.

근력과 유연성이 결합되어야만 가능한, 감탄할 수밖에 없는 재능과 노력으로 완성된 공연이었지만 이상하게도 마음이 조금도 움직이지 않았다. 그 멋진 공연에 전혀 감동을 하지 못했다. 그 공연엔 코니아일랜드 서커스엔 있었던 서커스의 핵심이 빠져 있었다. 나는 그들이 배우의 얼굴을 하고 있었다는 것에 실망했다. 서커스 단원들의 텅 비고 슬픈 얼굴이 아니라 아름다운 가면 같은 얼굴이었고, 작고 마른 팔다리가 아니라 아주 잘 다듬어진 멋진 근육을 갖고 있었기 때문에 실망했다. 한마디로 '기묘하다'라는 글자처럼 생긴 몸이 아니었기 때문에 손뼉을 칠 수가 없었다.

진짜 서커스를 다시 본 것은 그로부터 8년 후 베이징에서였다. 패키지 단체 관광 중이었는데 서커스 상설 공연 관람이 일정에 있었다. 무대는 아주 컸고 수백 명의 사람들

188

이 객석을 가득 메웠다. 그곳에 내가 어릴 때 보았던 마르고 기묘한 팔다리와 텅 빈 얼굴을 가진 이들이 있었다. 눈이 휘둥그레질 묘기들도 있었다. 근사한 조명과 음향 시설과 무대장치까지 모든 것이 갖춰져 있었다.

내가 어릴 적 보았던 동네 서커스의 이상향 같은 무대라고 할 만했다. 공연자 대부분이 '흑인'이라는 사실을 가이드의 설명을 통해 알게 되었다. 중국의 산아제한 정책으로 호적을 갖지 못한 사람들을 흑인이라고 부르는데 없는 사람들이나 마찬가지인 그들이 선택할 수 있는 삶 중 그나마 나은 게 서커스 공연자로서의 삶이라고 한다. 그들의 몸이 작고 마른 이유는 아직 어린 사람들이기 때문이었다. 그들에겐 달리 선택할 삶의 방식이 없고 그렇기 때문에 이 서커스 공연이 유지되어야 하고, 우리가 열심히 이 공연을 봐줘야 한다는 가이드의 설명을 들으며 내 안에 있던 서커스라는 단어가 부서져 내리는 소리를 들었다.

그 설명은 내 마음속에서 '서커스'라는 단어가 차지하던 공간을 빼앗아 가버렸다. 좀처럼 즐거운 일이 없던 동네에 환호성과 박수 소리를 가지고왔던 나의 오래된 마법의 단어, 서커스가 누군가의 제한된 삶의 고통에서 나왔다면 그것이 다 무슨 소용이 있단 말인가. 무대 위의 어린이들은 저런 유연성을 갖추기 위해서 하루에 몇 시간씩 몸을 구부리고 있었을 것이다. 몸을 가볍게 만들기 위해서 배불리 먹지 못하고 있을 것이다. 서커스가 그런 부조리에서 생겨났다면 그건 진작에 멸종되는 게 맞을 것이다. 그 서커스는 나를 진심으로 고통스럽게 했다. 서커스의 본질이 공연자의 신체적 고통에 안전하게 공감하는 데 따른 흥분에 있다면 베이징의 이 서커스는 공연자의 신체적 고통뿐만 아니라 심적 고통에도 공감하게 했다. 고통이 전이되는 것에는 성공했지만 그것은 안전한 고통이 아니었다.

더 큰 고통은 무대가 끝나고 공연자들의 표정을 봤을 때 들이닥쳤다. 큰 박수와 환호성을 받아들이며 그들은 진심으로 자랑스럽고 뿌듯해하는 것 같았다. 그 표정을 보고 나니, 그들의 삶을 안타까워하고 연민을 가졌던 게 부끄러웠다. 그 행복의 표정을 내가 고통으로 받아들일 자격이 있을까? 더 나은 삶이, 더 큰 자유가 있다고, 당신은 다른 삶을 선택할 자격이 있었다고 내가 말하는 게 정당할까? 그렇게 말하고 싶은 내 삶은 충분히 자유로웠나? 그들이 이 삶을 자유롭게 선택했고 행복하다고 느끼는데 내가 거기에 고통스러워하는 건 부당하지 않은가.

무엇이 옳고 그른지 도무지 알 수 없는 혼란 속에서 어쩔 도리 없이 나는 마음속에서 부서졌던 서커스란 단어를 다시 얼기설기 기워서 복원해놓았다. 도무지 봉합되지 않는 것들이 때론 봉합되기도 하는데 서커스가 마법인 것은 아마도 그렇기 때문일 것이다. 고통과 슬픔과 행복과 승리와 자유와 억압과 흥분 등등 통합이 불가능한 인간의 여러 가지 모순적인 감정들을 한꺼번에 뭉쳐놓은 마법의 단어, 서커스.

190

나는 마음속 일부분을 비워서 그 마법의 단어를 위한 공간을 다시 만들어놓았다. 그리고 속으로 중얼거렸다.

"그들은 여전히 살아 있습니다."

IV

사랑의 방

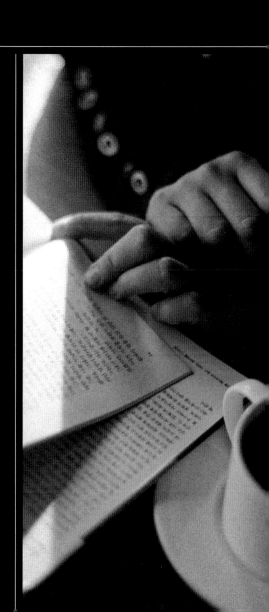

살길

원래 이 책에는 외국 여행기만 담을 생각이었다. 여행의 기억만 담는다면 훨씬 즐거운 책이 되었을 것이다. 하지만 세상엔 대가라는 것이 존재한다. 계속해서 외국에 나가기 위해서 내가 견뎌야 했던 한국의 삶도 함께 실어야 한다는 생각이 들어서 원고를 추가했다. 씁쓸한 한국에서의 삶을 읽고 싶지 않다면 이쯤에서 책을 덮어도 좋다.

십 년 동안 매년 한 달 이상을 외국에서 보냈다. '외국에서 한 달 살기' 같은 거창한 목표나 계획이 있어서 그런 것은 아니다. 한국에서 일 년 이상 연속해서 있으면 숨이 막혀 죽을 것 같아서 매번 도망치듯 떠났다. 아르바이트로 돈이 적당히 모이면 한국을 떠났고, 생활비가 싼 외국의 도시에서 최소한의 소비를 하며 머무르다가 돈이 다떨어지면 돌아와서 다시 아르바이트를 했다. 한 달 이상으로 긴 휴가를 주는 회사는 없으므로 매번 떠나기 전에 일을 그만뒀고 돌아와서 새로 일자리를 구했다.

나이가 들수록 일을 구하는 게 점점 어려워졌다. 임금은 점점 낮아지다가 계속 최저임금에 머물렀다. 하는 일은 매번 달라져도 최저 시급은 같았다. 그 당시의 최저 시급은 5,000원이어서 나는 물건값을 시간으로 계산했다. 책한 권은 두 시간, 커피 한 잔의 값은 한 시간이다. 어느 날은 서울의 아파트 한 채가 몇 시간짜리인지 계산하다가 그만두었다. 젊을수록 더 많은 가능성을 가지고 있으니 시간의 값어치가 더 비싸야 할 텐데 왜 내 청춘은 늘 바겐세일인지 궁금했다.

잡코리아나 알바몬에서 구한 단기 아르바이트로 장소를 바꿔가며 매번 다른 역할로 일하다 보면 삶이 연극같았다. 외국의 낯선 도시에서 보내는 한 달이 진짜 삶 같고 한국에서의 삶이 여행처럼 느껴지기도 했다. 그 생활을 YOLO 같은 단어로 멋지게 포장할 수도 있겠지만 솔직히 말하자면 그다지 효율적이지 않은 삶이었고 그냥 '개고생'이었다. 하지만 그때는 그렇게 할 수밖에 없었다. 그렇게 하지 않았다면 나는 스스로 삶을 저버렸을 것이다. 숨이 막혀서 견딜 수가 없었다. 그냥 그렇게 할 수밖에 없었다.

친구들 가족들 얘기를 듣다 보면 의외로 나와 비슷한 사람이 집안마다 하나씩은 있는 것 같다. 도대체 인생에 계획이나 목표가 없는 것 같고, 결혼할 생각도 없는 것 같고, 무슨 일을 하는지도 모르겠지만 돈을 모을 생각도 없는 것 같고, 자꾸 한국을 떠나서 외국을 돌아다니는. 남에게 딱히 피해를 주는 것은 아니지만 노후 대비 같은 건 전혀 없어 보여서 부모님과 형제자매를 걱정시키는 집안의 골칫거리. 집집마다 하나씩 있는 것 같은 그런 형제자매들 얘기를 들을 때마다 나는 이렇게 대답한다.

"걱정도 하지 말고 조언도 하지 말고 그냥 내버려둬. 달리 방법이 없어서 그래. 그 사람은 그게 살길이야. 그렇게 해서라도 살아 있으려고 그러는 거야."

—

5,000원의
시간들

대기업이 운영하는 멀티플렉스 극장에서 아르바이트를
한 적이 있다. 영화과 입학을 앞두고 있었고 극장이라는
공간에 대해 낭만을 가지고 있었다. 영화과 입학 후 첫 수
업 때 선생님이 영화를 하면 [빋]이 생긴다고 했다. 나는
당연히 빛이라고 생각했는데 동기들은 빚인 걸 당연히 알
았다고 한다. 영화가 빚이고 예술이 아니라 산업이라는 것
을 미리 알고 있었으면 실망이 덜했을까.
　"안녕하십니까?" 하고 말끝을 솔 톤으로 올리는 인사
법을 그때 처음 배웠다. 문장을 솔 톤으로 끝내면 상대방
이 화를 내기가 어렵다고 한다. 컴플레인을 받았을 때 일
단 먼저 사과하고 위로하고 마음의 안정을 취하게 한 다음
에 '그건 사실 네 잘못, 네 책임이지만 우리가 관대함을 베
풀어 한번 봐주겠다'는 태도를 교묘하게 담아 말하는 '블
랙컨슈머 대응법'도 거기서 배웠다. 그것도 유용한 삶의

212

기술이라면 기술이지만 그런 걸 써먹으며 살고 싶지는 않았다.

극장 일이라는 게 〈시네마 천국〉 같은 게 아니라, 진상 고객들의 불합리한 요구와 각각의 대응법을 담은 매뉴얼을 재난 상황 발생 시 대피 매뉴얼처럼 달달 외우고, 그 리스트를 추가하고 완성하는 일에 가깝다는 걸 일한 지 몇 주 만에 깨달았다. 서비스 테스트한다고 종종 다른 매장의 매니저가 와서 고객인 척 말도 안 되는 컴플레인을 거는데 그때 잘 대응해야 했다. 그런 일이 반복되면 사람이 지친다. 극장에 온 손님 한 명 한 명이 기분 좋게 영화를 보고 갈 수 있도록 배려하는 마음은 평가하지 않았고 나는 마음을 쓰면 쓸수록 가난해지고 손해 보는 기분이 들었다. 여러 가지 상황에 대처하는 매뉴얼이 이미 만들어져 있으니 그대로만 하면 마음 상할 일이 없었지만 그럴수록 일하는 나와 진짜 내가 분리되는 기분이었다.

극장을 돌아가게 하는 사람들을 보고 싶었고 영화도 많이 보고 싶어서 일을 한 건데 정작 내가 좋아하는 영화들은 그 극장에서 상영하지 않았다. 극장의 매점에서 파는 햄버거와 팝콘만 엄청나게 많이 사 먹었다. 점심을 주는 대신 직원 할인 혜택을 주는데 그걸 이용 안 하면 손해를 보는 것만 같아서 안 먹어도 될 것들을 굳이 사 먹었다. 마음이 가난해진 시절이었다.

일한 지 몇 달쯤 지났을 때 하루는 감기에 걸려서 목소리가 잘 안 나왔다. 경쾌한 솔 톤의 인사를 할 수 없었다. 감기에 걸렸다고 하자 점장이 내게 단호하게 말했다. "아프면 안 됩니다." 아무도 내게 괜찮냐고 묻지 않았다. 나는 아프면 안 되는 부품이었다. 내가 그만둬도 대체할 부품이 많다는 것을 알아서 그만둘 결정도 쉽게 할 수 있었다. 지금 생각해봐도, 그 극장의 진짜 주인은 영화가 아니라 매점의 팝콘과 햄버거였던 것 같다.

아파트 입주를 앞두고 집을 보러 온 가족의 가족사진을 즉석에서 만들어주는 아르바이트를 한 적도 있다.

그 일은 바쁘긴 해도 힘들지는 않았는데, 왜냐하면 그곳에 찾아오는 모든 이가 기분이 좋았기 때문이다. 입구의 천막에 차려진 간이 스튜디오에서 가족사진을 찍은 다음 가족들이 집을 둘러보는 동안 포토샵으로 수정하고 프린트해서 액자에 넣은 다음 포장을 한다. 가족들이 집을 보고 나올 때쯤엔 액자 포장까지 완료된다. 한 문장으로 쓰면 간단하지만 요구사항을 들어가며 포토샵으로 얼굴을 수정한 뒤 프린트하고 재단하는 일은 만만치 않은 일이다.

나처럼 알바몬으로 1일 5만 원짜리 단기 알바를 구해서 온 사람과 한 조가 되어 일을 했는데, 우리는 그날 처음이자 마지막으로 만났지만 호흡도 척척 맞고 상당히 효율적으로 일을 끝낼 수 있었다. 온갖 전문가 스킬을 장착하고 어떤 일을 맡겨도 해내는 알바몬 단기 알바 기계들을 그 이후로도 종종 만났다. 엑셀도 잘 쓰고, 영상 편집도 잘하고, 전화 상담도 잘하고, 어떤 상황이 벌어져도 차분하게 대응하고, 어떤 말도 안 되는 요구를 받아도 일단 시작부터 해보던 그 단단한 얼굴들. 서로에 대해 전혀 궁금해하지는 않지만 무심한 배려를 베풀던 하루짜리 동료들. 다들 잘 지내고 있는지 가끔 궁금해진다.

드라마 편집 보조 일을 한 적도 있었다.

보통 촬영은 대본 순서대로 이뤄지지 않으니까 촬영본에서 keep, OK 사인 받은 컷들을 순서대로 이어 붙여서 가편집을 하는 일인데 잠은 못 잤지만 일 자체는 좋았다. 드라마 촬영은 보통 몰아서 하는데 편집 보조도 같이 대기해야 한다. 36시간 동안 깨어 있고 12시간 동안 잤다. 조각조각 흩어져 있던 컷들이 모여 하나의 리듬으로 이어지는 과정을 지켜보는 것이 좋았다.

이 일을 그만둬야겠다고 생각한 건 교통사고 현장이 담긴 촬영 테이프를 받아 들었을 때다. 카페에서 주연 배우 둘이 대화 나누는 장면을 풀 샷으로 촬영했는데 그 앞에서 차량 통제 중이던 스텝이 차에 치였다. 촬영 테이프에는 그 이후의 촬영 장면이 계속 담겨 있었다. 차에 치인 스텝은 조용히 구급차에 실려 갔고, 배우들은 그 사실을 모른 채 촬영을 계속 진행했다. 배우의 감정선이 흐트러지면 안 되고 드라마가 결방하면 큰일 나니까. 나는 스텝의 교통사고 장면에 NG컷 표시를 하면서 그 일을 그만두기로 결심했다.

215

세 번 만난
손님

엄마가 잠시 식당을 운영하셨다. 작은 식당이어서 직원을
고용할 정도는 아니었지만 혼자서 감당할 수 있을 정도도
아니어서 사촌 오빠와 내가 틈틈이 일하며 용돈벌이를 하
곤 했다. 좋아하는 손님보다 싫어하는 손님이 절대적으로
많은 식당이었다.

특히나 싫어했던 한 무리의 손님들이 있었다. 점심과
저녁 식사 시간 사이, 엄마가 쉬셔야 할 브레이크타임에
와서 김치찌개 일인분을 시켜놓고 오후 내내 낮술을 마시
는 아저씨들이었다.

안주니까 김치찌개를 일인분만 시킨다. 엄마는 네 명
이서 어떻게 일인분을 먹냐며 삼인분 몫의 김치찌개를 내
준다. 안주가 떨어지면 서비스로 녹두전 같은 걸 막 내어
주니 나는 펄쩍 뛸 수밖에 없었다. 우리 식당은 한 달 월세
내기도 벅차고, 그들은 그 일대 건물주들인데. 게다가 나

216

한테 소주를 가져오라며 반말을 해서 나는 그 손님들을 싫어했고 싫은 내색을 굳이 감추지도 않았다. 엄마가 몇 개월 입원하셔야 하는 상황이 되어 식당을 폐업했을 때 나는 그들을 안 봐도 된다는 생각에 기쁜 마음까지 들었다.

몇 년 뒤에 나는 절에서 일하게 되었다(그 사연은 전작인 《커피와 담배》에 나와 있으니 궁금하신 분들은 찾아 읽으시길 바란다). 어느 날 종무소에 그때 그 식당의 진상 손님들 중 한 분이 삼재 부적을 사러 왔다. 그는 나를 기억하지 못하는 것 같았다. 그는 그때와는 다르게 아주 공손한 태도로 부적을 사 갔다.

그러고 나서 몇 년 뒤에 책방에서 일을 하는데 다시 또 그 손님이 왔다. 책방과 식당은 같은 동네니까 그럴 법하긴 한데 그는 역시 나를 기억하지 못했다. 어떤 사람들은 식당에서 서빙하는 사람들, 카운터에 서 있는 사람들이 살아 있는 존재라는 것을 잊는다. 나는 익명의 존재로 여겨지는 것에 익숙해져 있었다. 그는 3년에 한 권 팔릴까 말까 한 괴상한 역사책들을 잔뜩 사 갔다.

몇 개월 차 책방 아르바이트생의 눈이 자동으로 그의 지난 삶을 스캐닝했다. 그의 걸음걸이와 패션 센스와 말투와 태도들이 하나로 조합되었다. 그는 혼자 사는 사람일 것이다. 독특한 취향에다가 외로운 사람일 것이다. 그와 내가 했던 대화는 "소주 한 병 더 가져와"와 "삼재 부적 사러 왔습니다"와 "책 쇼핑백에 담아줘"밖에 없었지만 그가 고른 책이 대신해서 그의 이야기를 해주고 있었다.

식당에서 일할 때 차곡차곡 쌓였던 그에 대한 악감정은 그가 삼재 부적을 사러 왔을 때, 악운을 피하고 싶다고 산꼭대기의 절까지 찾아왔을 때 조금 녹았다. 그가 책을 사러 왔을 때 남은 미움이 녹아 사라졌다. 그가 골라간 책들은 나라면 절대로 읽지 않을, 내가 싫어하는 종류의 책이었는데 단지 그가 책을 읽는 인간이고, 책을 사러 왔고, 그에게 책을 팔 기회가 있었다는 사실만으로도 마음이 풀어졌다. 안쓰러운 감정이 조금 들었던 것도 같다. 나한테 크게 잘못을 한 것도 아니고 반말을 하고 가게 영업에 도움이 되지 않는 행동을 했다는 정도의 미움이었는데, 이 정도의 인연이라면 용서해도 되지 않을까 싶었다.

전생에 그와 나는 어떤 인연이었길래 나는 그에게 술을 팔고 부적을 팔고 책까지 팔게 되었을까. 전생에 그가 나에게 영혼이라도 팔았던 것일까? 그는 날 기억하지 못하지만 나는 그를 모두 용서하며 전생에 쌓인 업이 남아 있다면 이번 책 판매로 다 끝내고 업장소멸하여 다시는 만나지 않기를 기도했다.

그 책방

부모님 심부름으로 한약을 지으러 어릴 적 살던 동네에 갔다가 그 책방이 여전히 그 자리에 있는 것을 보았다. 'since 1964' 간판을 달고. 셜록 홈즈 시리즈, 애거사 크리스티 전집 제목을 훑으며 나중에 어른이 되면 책방 주인이 되겠다고 다짐하던 바로 그 책방이었다. 문 닫은 가게가 많고 쇠락해가는 모습이 역력한 구도심지에서 여전히 건재한 모습으로 자리를 지키고 있어서 반가웠다. 입구에 구인 광고가 붙어 있어서 뭐에 홀린 듯이 들어갔다. 그걸 보기 전까지는 내가 책방에서 일하게 될 줄 몰랐다. 앞으로의 인생에 대해 정해진 것이 아무것도 없었기 때문에 어릴 적 꿈을 반만 이뤄보는 것도 나쁘지 않을 것 같았다.

　나는 책방 카운터를 지키게 되었다. 바코드를 찍고 계산을 담당했는데, 몇 달 지나자 손님이 책방 문을 열고 들어오는 모습만 봐도 무슨 책을 사 갈지 맞힐 수 있었다. 가면 안 될 곳에 들어오는 것처럼 어색하게 문을 여는 손님은 90퍼센트의 확률로 운전면허문제집을 산다. 군인들은 맥심 잡지를 산다. 그 책방은 교과서 지정 판매처였다. 그 말인즉슨, 날마다 이 도시에서 교과서를 잃어버린 아이들은 모두 여기로 온다는 얘기다. 그 학생들은 그다지 특징이랄 게 없는데 그들의 부모는 뭔가 공통된 분위기가 있었다. 나중엔 들어오는 손님 얼굴만 봐도 교과서를 잃어버린 아이의 부모라는 걸 알 수 있다. 그들은 카운터 옆의 베스트셀러 코너에 놓인 자기계발서를 권장하면 잘 사 간다. "습관이 바뀌면 인생이 바뀐다"와 같은.

책방이나 편의점 등에서 계산할 때 카운터 직원이 한마디씩 건네는 걸 참 싫어했는데 결국엔 나도 그런 직원이 되었다. 전혀 낯선 사람들에게 실없이 한마디씩 건네게 된다. 어떤 날은 심술궂은 말들이 혀 끝에서 맴돌 때가 있다. 임신한 친구에게 선물로 줄 책을 사러 왔다는, 어쩐지 한참 울고 난 뒤의 얼굴을 하고 있는 이십 대 초반의 남자에게 꽃무늬 포장지로 책을 싸주면서 "그래서 기분이 어때요?" 혹은 "어떤 친구예요?"라고 묻고 싶다거나, 제목에 '부자'가 들어가는 베스트셀러를 사러 온 사람들을 볼 때마다 "이 책으로 부자 된 사람은 인세 받는 저자 한 사람밖에 없대요"라고 말하고 싶다거나.

기억에 남는 손님들이 많다. 울고 난 휑한 얼굴로《사랑 후에 오는 것들》을 사 가는 청년. 시사영어사에서 나온 영문판 세계명작문고(빨간 책)《소공자》와《인형의 집》을 꼭 구해달라고 요청한 꼬부랑 할머니. 무뚝뚝한 얼굴로《우리 아기 첫 한글》을 사 가신 할아버지. 책 앞에 얼굴을 대고 책장을 넘기며 책 냄새만 몇십 분이고 맡다가 그냥 가는, 책 냄새만을 사랑하는 사람. 볼펜으로 밑줄 친 걸 모두 수정테이프로 덮은 다음에 사놓고 안 읽은 새 책이라며 환불을 해달라고 하는 할아버지도 있었다. 낙서가 되어 있어서 안 된다고 하자 그분은 깨끗한 새 책이라고 우기셨다. 나중에 부모님이 백내장 수술을 하시고 나서 노인의 눈과 손가락의 감각에서는 수정테이프는 보이지 않고 새 책이나 다름없었을 거라는 걸 뒤늦게 깨달았다. 새 책이라는 그분의 확고한 자신감은 그분 감각의 한계 안에서는 사실이었다.

또 중요한 단골 중에 '백원 할머니'가 있다. 등이 거의 직각으로 꼬부라져서 키가 120센티미터도 안 되는 것 같다. 앞머리는 일자로 짧게 자르고 몸뻬바지를 입으셨다. 언제나 독특한 억양으로 책방 입구에서 "안. 녕. 하. 세. 요오~" 하고 공손히 인사하곤 카운터 앞에 줄을 서신다. 그리고 차례가 되면 손바닥을 내미신다. 그러니까 이분의 정체는 앵벌이인데 언제나 안녕하세요 인사 한번 하고 백 원씩만 받아 가신다. 십 년 동안 하루도 빼놓지 않고 오셨고 늘 이분을 위한 백 원짜리 동전이 준비되어 있었다. 몇 년 전에는 느닷없이 집에 일이 생겼으니 2만 원만 빌려달라고 해서 점장님이 2만 원을 빌려드렸는데 그 뒤로 2만 원

221

어치 기간 동안 안 오셨다고 한다. 언제나 이분이 책방 입구에 나타나면 반갑고 하루 또 무사히 살아냈다는 안도감이 들었다. 이분이 어쩌면 책방을 지키는 수호신인지도 모른다고 나는 가끔 생각했다.

책 도둑도 꽤 자주 왔는데, 책 도둑들이 가장 잘 훔쳐가는 책은 성경이다. CCTV가 버젓이 달려 있지만 책 도둑들은 성경을 셔츠 속에 혹은 등 뒤에 넣고 유유히 빠져나간다. 그렇게 많은 책 중에 굳이 성경을 훔쳐가는 복잡한 이유와 사연이 있을 거라고 생각했는데 점장님이 알려주신 이유는 단순하다. 성경책이 가장 비싸기 때문이다.

점장님은 고등학교를 졸업하자마자 그 책방에서 일하기 시작해서 20년이 넘게 일하고 있었다. 그는 책방에 있는 모든 책의 위치를 알고 있었다. 그런데 책은 단 한 권도 읽지 않았다. 책을 좋아해서 책방 주인을 꿈꿨던 나로서는 그게 이해가 되지 않았는데 마약을 좋아해야만 마약상을 할 수 있는 건 아니고 도박장 주인은 도박 중독이 아니고 알코올중독자는 주류 판매상을 하지 않는다는 이상한 논리로 그를 이해할 수 있게 되었다.

그는 책을 상품으로 대했다. 모든 책을 동등하게 대우했다. 그를 보면서 책에 대한 내 생각도 조금씩 달라졌다. 그전까지는 취향을 갖는 것을 굉장히 중요하게 생각했다. 내 기준에 좋은 책과 나쁜 책들이 있었다. 남들이 잘 안 찾는 책들을 찾아다녔고 내가 인정하는 작가들 리스트가 따로 있어서 베스트셀러를 하찮게 여기는 경향도 있었다. 하지만 책을 사 가는 사람들 얼굴을 하나하나 보다 보면 점장님이 옳다는 생각이 들기도 했다. 좋은 책과 나쁜 책이 있을까? 책에 우열을 매길 수 있을까? 사람들은 모두 다르고 모두 다른 사연으로 모두 다른 책을 사러 온다. 모든 책이 나름대로의 이유로 중요하다.

책방 일이 좋았던 이유는 보통 새로운 시작을 하려는 사람들이 책을 사러 오기 때문이다. 운전을 시작하려는 사람, 영어 공부를 시작하려는 사람, 제빵을 배우려는 사람, 여행을 떠나려는 사람, 출산을 하려는 사람, 투자를 배우려는 사람, 그 수많은 시작의 풍경을 목격하게 된다. 내 머릿속 책방 이미지 속엔 시집과 소설을 사는 사람들밖에 없었는데 내가 책방에서 일한 반년 동안 시집은 딱 두 권 팔렸다. 2층 규모의 꽤 큰 책방이었는데도. 그러니까 내가 아는 것보다 더 큰 세상이 있다는 것, 내가 아는 것만이 옳은 게 아니라는 것, 그 모든 게 납득이 된다. 책을 사러 오는 사람들의 얼굴을 보고 표정을 보고 그 책들의 바코드를 하나하나 찍다 보면.

책방 카운터를 지키다 보면 믿게 되는 한 가지 가설이 있다. 책방은 그 도시에 속한 게 아니라 책방만으로 연결된 가상의 도시에 속해 있다는 가설. 그래서 어느 도시든 책방에 가면 내가 익숙한 그 도시에 잠시 접속한 기분이 든다. 어떤 손님들은 책장 사이에서 책을 읽다가 순식간에 사라지고 또 순식간에 나타난다. 저쪽 책장 아래 칸 무거운

223

책 어딘가를 펼치면 다른 세계로 들어갔다 나오는 것처럼.
간혹 서성거리는 사람들도 눈에 띈다. 책을 사러 서성이는
게 아니라 인생 자체가 서성거리는 사람들. 땅 위에 발이
0.1밀리미터 정도 떠서 하늘 높이 날아가버리지도 못하고
어디 한 군데 정착하지도 못하고 그저 그 시간을 서성거린
다. 그런 사람들이 왜 자꾸 눈에 들어오는지 모르겠다.

　　헤이, 어떤가요. 살 만한가요.

　　말을 걸고 싶지만, 내가 건네는 말이라곤 봉투에 담아
드릴까요. 봉투값은 20원입니다, 뿐이다.

—

사랑의 방

서울은 야경이 참 아름답다. 별빛 가득한 밤하늘처럼 반짝 거린다. 그러다가 그 별빛 하나하나가 몇십 억씩 하는 아 파트라는 생각을 하면 가슴이 답답해진다. 대학에 진학하 면서 서울에 온 뒤로 참 많은 동네를 옮겨 다니며 살았다.

혼자서 보증금과 월세를 감당하기는 어려웠기에 늘 누군가와 같이 살았다. 같이 살다가 친구가 결혼을 해서 나가면 또 다른 집을 구해서 다른 친구와 같이 살았다. 그 렇게 다섯 명의 친구를 결혼시키고 나니 더 이상 같이 살 친구가 없었다. 모아놓은 보증금도 없었고 혼자서는 월세 도 감당할 수가 없었다. 돈이 모일 때마다 외국으로 가서 빈털터리가 되어 돌아왔기 때문이다. 그래서 하는 수 없이 다시 부모님이 사시는 본가로 들어갔다. 일자리는 계속 서 울에 있었으므로 하루에 왕복 네 시간씩 경기도 광역버스 를 타고 길에서 보냈다.

225

이런 사정을 아는 친구들이 빈방이 생길 때마다 내게 연락해 임시 거처를 마련해주었다. 외국에 입주작가 프로그램 가면서 비게 된 친구의 집, 방학 동안 외국에 사는 가족을 만나러 가느라 비게 된 집, 계약 기간이 남았는데 지방으로 이직해서 몇 달 비게 된 집, 혼자 사는 친척 어르신한테 무슨 일이 생길까 봐 가끔 들여다봐달라며 빌려준 방, 침낭을 펴고 잘 만큼의 공간만 있는 공동 작업실, 여행을 떠난 친구의 방, 외국으로 취직을 한 사람의 방, 다양한 사정으로 다양한 동네에 빈방이 생겼고 그때마다 여행 가방을 들고 옮겨 다녔다. 하우스메이트가 있는 경우도 있었고 돌볼 고양이가 있는 경우도 있었고 넓직한 아파트를 혼자 쓰게 된 경우도 있었다. 빈방도 있었고, 짐이 그대로 남아 있는 경우도 있었다. 월세를 낸 경우도 있고 관리비만 낸 경우도 있다. 친구들이 나와 비슷한 사람이 나오는 영화가 있다며 〈소공녀〉를 추천했는데 아직까지 보지 않았다. 현실과 영화가 겹쳐지는 게 두려웠다.

창천동, 창전동, 석관동, 이문동, 약수동, 청파동, 장충동, 가양동, 성산동… 그 수많은 방들. 다양한 동네를 구경하는 게 재미있고, 여행 온 기분도 들었기 때문에 빈방이 생겼다는 연락이 오면 그게 어디든 일단 짐을 싸 들고 갔다. 내게 그 방들을 추천하고 내준 사람들을 믿었기 때문이다. 대부분의 경우는 호의로 내준 경우가 많았기 때문에 감사해하며 그 집에서 먹고 잤는데, 이 호의를 어디까지 받아도 되는지 알쏭달쏭할 때가 있었다.

226

집이란 건 생각보다 복잡하고 큰 것이기 때문이다. 잠시 머물기를 허락받은 이 집에서 나는 어디까지 누릴 수 있는 걸까. 그 경계는 어디까지일까. 먹고 자는 기본적인 목적에 충실한 것도 집이지만 친구들을 초대하고 식사를 대접하고 함께 영화도 보고 즐길 수 있는 곳도 집이다. 내게 집을 빌려준 사람들의 사적인 정보가 그대로 남아 있는 이곳에 내 친구들을 초대해서 먹고 마시고 즐겨도 되는지, 집 안을 찍은 사진을 다른 친구들과 공유해도 되는 건지, 애인과 함께 시간을 보내도 되는지 그런 것들이 알쏭달쏭했다.

물어보기도 애매했다. 내가 잠을 자도 된다고 허락해준 네 침대, 네 이불 위에서 내가 애인과 사랑을 나눠도 되니? 그런 질문을 하기가 쑥쓰러웠다. 상식적인 선에서 생각했을 때 어떤 집은 그래도 될 것 같은데 어떤 집은 그러면 안 될 것 같았다. 그 기준도 내 느낌상이었고 애매했기 때문에 그것 때문에 애인과 싸운 적도 있었다. '왜 안 된다는 거야? 내가 그 침대를 더럽히는 것 같아서? 집주인에게 네가 다른 마음을 품고 있는 건 아니고?' 그런 질문에 쉽게 대답하기가 어려웠다. 그런 건 아니지만 하여간에 안 될 것 같다고 대답하는 수밖에. 직감적으로 그러면 안 될 것 같았다. 어쩌면 방음의 문제일 수도 있겠지만.

말로 다 설명하기 어려운 감각의 세계가 있다. 하여간에 서울에 방이 이렇게 많고 많은데, 밤하늘의 별빛처럼 많은데 사랑의 방 하나 없어서 이런 고민을 하고 있는 내

227

가 이상하고 서러웠다.

　다양한 집을 돌아다니다 보니 다양한 동네를 알게 되어서 이사 갈 집을 구하는 친구한테 동네를 추천하기도 했다. 개가 산책하기 좋은 동네를 찾고 있던 친구는 내가 한때 머물렀던 지인이 살던 아파트 단지에 집을 샀다. 그 집을 친구네 개가 좋아해서 친구는 내 덕분에 좋은 동네를 알게 되었다며 선뜻 보증금을 빌려줄 테니 서울에 집을 구해보라고 제안했다.

　마다할 이유가 없었다. 4대 보험이 없어서 대출 받기 어려운 프리랜서들이 서울에 집을 처음 구하려고 할 때 가장 큰 난관은 보증금 마련이다. 그래서 나는 친구의 도움으로 처음으로 내 이름으로 월세 계약을 하고 처음으로 단독 세대주가 되었다. 녹물이 나오는 낡은 오피스텔이었지만 커다란 창으로 햇빛이 잘 드는 나의 첫 서울집을 나는 참 좋아했다. 그 집이 좋은 기운을 가져다주었는지 이사를 하자마자 사계절문학상에 응모한 《산책을 듣는 시간》이 당선되었다는 전화를 받았다. 상금을 받아서 보증금을 바로 갚을 수가 있었다.

　그 작품에는 보증금을 빌려준 친구네 개와 이름이 같은 개가 등장한다. 그 개는 북 트레일러에도 특별 출연을 해주었다. 그 소설을 쓰는 데 오래 걸렸다. 소설 속 인물들은 가상이지만 내가 창조한 인물들이어서 내가 가진 단점을 그대로 다 가지고 있었다. 나는 사랑을 주고받는 것에 서툴고 관계를 맺는 것에 서툰데 소설 속 인물도 똑같았다.

인물들이 자기 안에 갇혀서 나오지 못하고 도무지 이야기가 진행되지 않았다. 그때 내게 영감을 준 존재가 바로 그 친구네 개, 마르첼로다.

개들은 사랑받고 있다는 기분을 확실하게 느끼게 해준다. 개를 사랑해본 적이 있고 개한테 사랑을 받아본 적이 있는 사람은 이 말뜻을 잘 알 것이다. 소설 속에 마르첼로를 닮은 캐릭터가 등장하니 인물들이 서로 관계 맺기가 수월해졌다. 내게 사랑을 가르쳐준 마르첼로가 내 소설도 완성시켜준 셈이다. 그러니까 그 소설이 문학상을 받게 된 것도 마르첼로의 공이 크다. 내가 서울에 사랑의 방을 갖게 된 것도 마르첼로가 준 선물이라고 아직도 생각하고 있다.

그래서 마르첼로가 열두 살의 나이로 죽었을 때 내 사랑의 방도 같이 죽어버린 기분이었다. 내 삶의 일부분이 영원히 무너져 내린 것 같았다. 마르첼로를 볼 때 행복감으로 가득 차는 기분 같은 게 있었는데 그 기분을 느끼지 못하는 게 슬펐고, 산책할 때 총총총 발걸음을 더 이상 듣지 못하는 게 슬펐고, 물을 찹찹찹 마시는 소리를 못 듣는 게 슬펐고, 황금빛 털과 부드러운 뒤통수, 등, 배, 그 꼬리를 보지 못하고 쓰다듬지 못하는 게 슬펐다. 함께 있던 기억과 사랑하는 마음은 영원하다는 것을 물론 알고 있지만, 사랑의 대상을 몸으로 감각할 수 없다는 건 쉽게 극복되지 않는다. 내 손이 체득한 감각의 어떤 부분들은 영원히 비어 있게 되었다. 나는 마르첼로를 쓰다듬고 싶었다.

마음이 무너지고 삶이 공허해져서 그 공허를 채울 것을 찾아다녔다. 신에게 의지할까 하는 생각도 했었고 운동을 중독 수준으로 하기도 하고 달리기도 미친 듯이 하고 논어 스터디에도 나갔다. 이천 년 동안 전해졌다는 공자님 말씀을 듣다가 나는 사랑에 대한 내 견해를 수정했다.

〈도시의 지문〉에서 나는 사랑이란 내가 내 본모습을 더 잘 볼 수 있게 해주는 것이라고 썼다. 내가 나를 더 잘 사랑하도록 도와주는 것, 마주 보고 거울을 들고 있어 주는 사람이 연인이라고. 그런데 만약 그 거울이 사라지면 어떻게 되는 걸까? 나도 사라지는 걸까? 하지만 나는 여전히 그 사랑이 남아 있다는 걸 알고 있었다.

나는 꺼져버린 것처럼 바닥에 붙어버린 마음을 일으켜 세웠다. 그걸 내게서 꺼내 앞으로 이동시켜 우리 사이에 놓았다. 이제 그 마음은 마르첼로와 나 사이에 있다. 마음이 나에게서 꺼내진 게 아니라 확장된 자아로서 그 사이에 있다. 확장된 나와 확장된 마르첼로가 함께 있다. 사랑이 상대방 혹은 내 안에 있는 게 아니라 그 사이에 있다면, 마주 보고 있는 존재가 사라져도 우리가 쌓은 관계, 우리 사이에 있는 것은 그대로 남아 있다. 그 사랑은 그렇게 영원히 존재하게 되었다. 둘 사이에 있는 것, 그게 바로 사랑의 방이다.

—
합정동
359-33번지

한 공간이 사라지면 한 시절이 닫힌다. 한 공간이 사라진 이후의 나는 조금 다른 사람이 된다. 누구에게나 그런 공간이 있을 것이다. 그런 사람이 있기도 할 것이다. 사람도 공간이고 공간도 사람이기 때문에 그렇다.

벌써 전생의 기억처럼 느껴지는데, 나는 커피발전소라는 이름의, 지금은 사라지고 없는 카페의 직원이었다. 그 모든 일이 다 커피 때문이었다고 말할 수도 있을 것이다. 커피에는 마법 같은 힘이 있다. 몸에 카페인이 들어가면 정신이 차려지기도 하지만 커피가 부리는 마법은 물성보단 공간성에 가깝다.

낯선 도시에 이방인으로 있을 때 처음 보는 카페에 들어가 커피를 시키고 커피 잔을 앞에 두면 세상의 입장권이 잠시 생긴 기분이었다. 네가 누구든 이 커피 한 잔을 마시는 동안은 이곳에 있을 자격이 있다고 커피가 말해주는 것 같았다. 내가 누군지, 내가 이곳에 있어도 되는지, 내가 행복할 자격이 있는지, 이렇게 살아도 되는지, 그런 고민을 잠시 내려놓아도 괜찮을 것 같았다. 잔에 커피가 남아 있는 동안에는 다 괜찮아졌다.

커피 앞에서만 펼쳐지는 그 '존재하지 않는 고향'에 돌아온 느낌을 항상 느끼게 해준 곳이 바로 서울시 마포구 합정동에 12년 6개월 동안 존재했던 '커피발전소'라는 공간이다. 매년 숨이 막혀서 도망치듯 한국을 떠났는데 커피발전소에서 일한 9년 동안은 그럴 필요가 없었다. 내가 내 삶의 주인이 아닌 것 같았고 잠시 빌린 생을 사는 것처럼 느껴졌는데, 이런 내가 세상에 존재해도 되는지 몰라서 서성이는 유령 같은 마음에 기거할 자리를 마련해주었다. 발이 땅에 닿았을 뿐만 아니라 조금씩 뿌리를 내려서 강하고 단단하게 만들어주었다.

카페에서 일을 시작하기 전의 면접에 대해서는 산문집 《커피와 담배》에 썼다. 카페 사장님은 내 개인적인 신상에 관해서는 아무것도 묻지 않았다. 학벌과 사는 곳은 물론 나이도 묻지 않고 심지어 내 이름도 묻지 않았다. 유일한 질문은 글을 쓰냐는 것이었다. 커피는 공짜로 줄 테니 일 안 하는 날은 카페에 나와서 글을 쓰라고. 그래서 주 2일은 사장님 대신 커피를 내리고 나머지 요일은 무제한 제공되는 커피를 마시며 손님 자리에 앉아서 글을 썼다. 불행인지 다행인지 손님이 별로 없어서 일하는 날에도 책을 읽고 글을 쓸 수 있었다. 그 카페에서 첫 번째 책 《산책

232

을 듣는 시간》을 완성했다. 두 번째 책《커피와 담배》의 계약도 그 공간에서 우연히 이뤄졌다.

거의 매일 오는 손님 중에 1인출판사를 막 차린 분이 있었는데 하루는 어두운 낯빛으로 커피를 마시다가 갑자기 내게 담배를 피우냐고 물었다. 끊은 것 같다고 대답했더니 '커피와 담배'라는 제목의 책을 써보지 않겠냐고 제안했다. 원래 쓰기로 했던 작가가 사정이 생겨서 못 쓰게 되었는데 출간일까지 시간이 많이 남지 않았던 것이다. 사람이 궁지에 몰리면 그렇게 된다. 원고를 바로 써줄 작가를 찾아 헤매다가 커피를 내리는 카페 직원을 보곤 저 사람이《커피와 담배》라는 책을 쓸 수 있지 않을까 생각해버리게 되는 것이다. 그렇게 두 번째 책인《커피와 담배》가 나왔다. 그리고 나의 세 번째 책이 될 이 책의 전신 '원더완더링' 시리즈도 이곳에서 탄생했고, 이 책의 원고도 그곳에서 썼다. 나중에 카페 사장님한테 왜 면접 볼 때 아무것도 묻지 않았는지 여쭈어보았다. 한 달만 일하고 그만둘 줄 알았다는 대답이 돌아왔다. 나는 거기서 무제한 제공되는 커피를 마시며 9년간 일하고 글을 썼다.

카페 사장님은 과묵하신 분이었다. 나는 사장님이 쉬는 날에만 일했기 때문에 같이 근무하는 날이 없었다. 어느 해는 둘이 일 년 동안 나눈 대화를 다 합쳐도 메뉴판보다도 짧았다. 그런데도 사장님이 어떻게 지내고 계시는지 그냥 늘 알 것 같았다. 공간이 안부를 대신 전해주었기 때문이다. 아침에 출근해 보면 전날 마지막으로 그 공간을 떠난 사람의 기분이 남아 있는 것 같은 때가 있다. 사실 공간은 말이 많다. 물건이 항상 같은 자리에 놓여 있는 곳이기 때문에 미세한 차이가 많은 얘기를 해준다. 식기 건조대에 잔과 접시가 쌓여 있는 모습만 봐도 전날 저녁 분위기가 어땠는지 알 수 있었다. 음악 플레이리스트는 더 명확한 얘길 해줬다. 혼자 온 손님이 많았는지, 시끌벅적 즐거운 분위기였는지, 혹은 손님이 전혀 없었는지, 때론 누가 왔다 갔는지까지.

공간이 내 안부도 대신 전해줬는지는 잘 모르겠다. 마음이 힘든 날엔 카페에 가서 글은 안 쓰고 사장님이 내려주신 커피만 한 잔 마시고 오곤 했는데, 역시 오랜만에 봐도 안부도 안 묻고 그냥 커피만 주셨다. 빈자리에 앉아 말없이 혼자 커피를 마시고 오는데, 대화를 나눈 것 같은 때가 종종 있었다. 갑자기 고민의 답을 얻거나, 위로를 받기도 했다. 그게 바로 공간이 건네는 말이라고 생각했다. 손님들도 그런 걸 느꼈으면 좋겠다고 생각하면서 말 없는 사장님께 말없이 경례하고 가게를 떠난 날들이 있었다.

그 공간에서 많은 사람이 만나고 헤어지고 연결되는 모습들을 보았다. 행복의 조건 중 하나가 차별당하거나 거부당할 거란 두려움 없이 언제든 편하게 들를 수 있고 친밀한 관계를 유지할 수 있는 공간이라는 기사를 어디선가 읽었다. 사람이 살아가기 위해서는 그런 공간이 필요하다. 느슨한 연대를 유지할 수 있는 공간. 환대의 공간. 공간을 지키는 데는 품이 많이 든다. 만약에 어떤 공간에서 마음이 편하고 많은 것을 얻어온 기분이 든다면, 그건 그 공간을 지키는 사람이 자신의 것을 나눠줬기 때문이다. 한 공간을 만들고 지킨다는 건 그런 것이다. 나눈다는 마음 없이는 공간을 유지하기가 쉽지 않다. 공간을 만들고 지킨다는 것은 하나의 삶을 더 사는 것과 같다. 그 공간으로 사는 삶에는 기쁜 날도 있지만 슬픈 날도 있고 사실 대부분의 날은 지루하다. 살아 있는 모든 사람이 그런 지루함을 이겨내고 버티고 있는 것처럼 공간의 삶도 우리의 삶과 같다.

커피발전소에만 있으면 마음이 편해지고 용기가 나서 많은 것을 해낼 수 있었다. 공간에 쌓인 기운 같은 게 존재한다고 나는 믿고 있다. 세상에 한번 생겨난 소리는 사라지지 않는다고 했던 타블라 구루지의 말이 맞는다면, 사람들이 속삭인 소리와 음악들이 모두 남아 쌓여 있다면, 그것으로 공간이 깊어진다면, 나는 커피발전소라는 공간의 색과 깊이를 조금은 알 것 같다. 그리고 그렇게 쌓인 소리는 특별한 힘을 가지고 있다고 믿고 싶다.

커피발전소를 방문했던 사람들에게 그 힘이 어떻게 전해졌는지는 모르지만 적어도 나한테는 아주 강력한 힘으로 남아 있다. 그곳에서 번 돈으로 생계유지를 하고, 그곳에서 만나 관계가 깊어진 귀한 인연들이 있고, 그곳에서 쓴 글이 출판되어 작가가 된 덕도 있겠지만 그 공간이 내게 준 것은 그보다 더 크고 강한 것이다. 굳이 비교하자면 히어로 영화에서 주인공들이 입고 나오는 특수복 같은 것인

IV. 사람의 방

235

데, 공간을 옷처럼 입고 나는 더 다정하고 용감하고 침착하고 강해졌다.

가끔 손님들한테 듣는 얘기가 있다. 카페에서 마신 커피가 맛있어서 원두를 사 갔는데 집에서 내린 커피는 그 맛이 안 난다고. 커피 내릴 때 쓰는 물, 온도, 날씨, 커피 내리는 방식 등 많은 것이 영향을 미쳤겠지만 그보다 커피의 맛은 원두의 맛을 넘어서서 그 모든 것의 총체이기 때문일 것이다. 그때 마신 커피 잔의 모양, 테이블의 배치, 조명, 음악, 유리창 밖으로 보이는 나무, 나뭇잎을 흔드는 바람, 햇빛…. 커피 한 잔의 맛은 그 모든 것의 합이다. 내가 나인 것을 잊고 그 맛을 온전히 느끼고 있을 때, 그 순간 자체가 나인 것처럼 느껴질 때가 있다. 지금 이 말의 뜻을 이해한다면, 우리는 한때 같은 '나'인 적이 있었을 것이다.

커피발전소가 사라지는 과정은 오랜 시간을 두고 차곡차곡 죽음을 준비하는 사람의 모습과도 닮았다. 커피발전소는 영업 종료 공지를 하지 않았다. 하지만 내부의 물건들은 조금씩 정리되고 공간은 점점 비어서 자주 오는 사람들은 자연스럽게 변화를 알아차릴 수 있었다. 점점 말라가는 몸처럼.

가장 먼저 없어진 것은 책이다. 영업을 종료하기 3년 전부터 천 권이 넘는 책이 조금씩 중고로 팔려 나갔다. 중고로 팔려 나간 책들은 퇴직금이 되어 지금 내 통장에 있다. 친구가 '네가 커발의 책들을 다 가지고 나가는 거니까

236

너 정말 잘 살아야겠다'고 했는데, 내게 그럴 자격이 있는
지 아직도 잘 모르겠다. 나는 내 퇴직금으로 변한 그 훌륭
한 책들의 목록을 잊을 수가 없다. 그 책들에 부끄럽지 않
게 살고 싶다.

2009년 5월 18일에 오픈한 커피발전소는 2021년 11월
30일에 영업을 종료했다. 영업을 종료하고 다음 날 사장님
과 둘이서 카페의 집기를 들어내고 나무 바닥을 모두 뜯어
냈다. 점점 말라가던 공간이 비로소 텅 비어 아무것도 남지
않게 되었다.

바닥에는 그동안 사람들이 흘려서 마룻바닥 틈새로
새어 든 커피가 지도처럼 그려져 있었다. 나는 가만히 귀를
기울이며 그 지도 위를 걸어보았다.

로스트북

여행을 갈 때마다 사진을 찍고 일기 같은 글을 써서 언젠가 이걸 출판하면 좋겠다는 생각을 막연히 했다. 글을 모아서 몇몇 출판사에 보내보기도 했는데 출판사의 방향과 달라서 출판이 어렵다는 부드러운 거절 메일만 받았다.

당시 나의 고민은 내가 작가가 될 수 있을까였다. 블로그에 글도 쓰고 소설도 쓰고 글 쓰는 게 내 삶의 중심이긴 했지만 누가 작가냐고 물어보면 선뜻 네,라는 대답이 나오지 않았다. 작가가 증명서가 있거나 자격증이 있는 게 아니고 필요한 것은 나는 작가다,라고 스스럼없이 말할 수 있는 자신감일 뿐인데 그게 쉽지 않았다. 친구들은 나를 작가로 봐주었지만 세상이 나를 작가로 인정할지 의심스러웠다. 나도 내가 의심스러웠다. 정말로 궁금했다. 작가는 도대체 누구일까? 작가는 언제 작가가 되는 걸까?

출판사에 보내려고 모은 사진과 글을 몇몇 친구들에

게 심심할 때 보라고 건네주었다. 그러곤 잊어버렸는데 고운이라는 친구가 몇 주 뒤에 그걸 책으로 만들어 왔다. 인디자인에 얹어서 A4에 출력을 하고 한 장씩 풀로 붙인 다음 실제본을 한, 세상에서 단 하나뿐인 책이었다.

내가 쓴 글이 책이 될 수 있다는 것을 그때 처음 알았다. 손에 잡혀지는 물성을 가진 존재의 힘은 생각보다 대단했다. 그 책을 만지면서 비로소 내가 작가가 되었음을 깨달았다. 늘 글을 썼고 늘 작가였지만 스스로 작가라고 인정할 수 있기까지는 한 가지가 더 필요했다. 내 글을 모아 편집해서 책으로 만들어 온 누군가의 정성과 관심이었다.

그때 독립출판이라는 것을 알게 되고 동네책방에도 처음 가보았다. 지금은 동네책방이 많이 있고 방황하는 젊은이들을 거둬주고 서로 이어주고 있지만 그때는 책방이 많지 않았다. 그래도 알음알음 정보를 찾다 보니 1인출판사를 내는 게 생각보다 간단하다는 사실도 알게 되었다. 등록비 17,000원과 구청에 갈 시간만 있으면 된다. 나는 '로스트북'이라는 이름의 출판사를 등록했다. 고운이 만들어 온 책이 훌륭했기에 이대로 독립출판하면 되겠다는 생각도 잠시 했지만 가장 큰 문제는 출판비였다. 독립출판은 적은 부수만 찍으면 되니까 돈이 덜 들 것 같았지만 부수를 적게 찍으면 권당 단가가 더 비싸진다.

나는 돈을 모으면 그대로 외국으로 가서 가진 돈을 다 털고 오는 습관이 있었으므로 모아놓은 돈이 없었다. 원고는 내가 썼으니 원고료를 삭감하면 되지만 고운에게 디자

239

인 작업비를 주고 싶었다. 출판비는 간신히 해결될 것 같은데 디자인비를 줄 돈이 없었다. 이런 고민을 털어놓자 고운은 팔린 만큼만 디자인비를 인세로 받겠다고 제안했다.

그래서 우리는 계약서를 썼다. 책값은 8,800원이었고 책방 입고 가격은 6,600원이었다. 나는 책이 한 권 팔릴 때마다 3,000원을 디자인 인세로 계산해서 달마다 정산해 고운에게 보냈다. 고운이 충분하니 이제 그만 보내라고 할 때까지. 물론 충분한 정도의 작업비가 될 순 없겠지만 상징적인 의미로 그렇게 하는 것이 맞고 옳았다고 생각한다.

그때는 매년 다른 나라로 떠나서 한 달 이상 머물다 올 것이라고 확신했기 때문에 원더완더링이라는 시리즈로 스페인 여행 글을 모아 '길의 뒷모습'이라는 제목으로 1편을 내고 미국 여행 글을 모아 '도시의 지문'이라는 2편을 냈다. 이걸 매년 낼 생각이었고 20권까지 낼 거라고 확신해서 20년 동안 팔아야 하니까 많이 찍어야 한다는 생각에 500부씩 찍었다. 책 보관 창고의 존재 같은 건 생각도 못 했다. 1,000권이 배달되어 내 작은 방에 박스를 쌓아놓고 나니 간신히 누워 잘 공간만 남았다. 그제서야 무언가 잘못되었다는 것을 알았다. 하지만 돌이킬 수 없었다.

그 당시엔 동네책방이 많지 않았다. 동네책방은 공간이 협소하기 때문에 독립출판물을 받아서 판매하는 것은 작가를 후원하는 마음 없이는 하기 쉽지 않은 일이다. 이름도 모를 작가, 이름도 모를 출판사의 작업물을 맡아주고 판매해준 이들에 대한 감사의 마음은 아주 오래도록 내 마음에 자리를 차지하고 있을 것이다.

　신기하게도 책이 다섯 부씩 열 부씩 팔리고, 모든 선물을 내 책으로 대신했기 때문에 1,000권이 어느새 다 팔렸다. 그러다가 사계절출판사에서 그 책을 내자는 제안을 해서 다른 옷을 입고 책이 다시 나오게 되었다. 내가 여행을 하며 글을 쓰고 또 독립출판물로 만들던 당시에 여행은 언제든 떠날 수 있는 것이었고 그 경험은 아주 가벼웠다. 휘발되어 사라져도 좋을 기억이었다. 팬데믹 이후, 2022년에 해외여행은 또 다른 의미를 지니게 되었지만 다음 여행이 언제가 될지 나는 아직도 잘 모르겠다. 확실한 것은 내가 다녔던 그 동네들이 이제는 바뀌었고 두 번 다시는 예전으로 돌아갈 수 없을 거라는 슬픈 예감뿐이다. 그래서 이 여행 기록이 새로운 옷을 입고 남겨질 필요가 있다는 생각에 원고를 다시 정리했다.

　이제는 스스로 작가라고 생각한다. 늘 글을 써왔지만 스스로 작가라고 인정하기는 쉽지 않았다. 내가 처음으로 작가가 되었다고 생각한 순간은 고운이 내 글을 모아 A4에 출력해서 책 모양으로 만들어 온 순간이었다. 그 순간이 나한테 정말로 필요했다. 내가 믿을 만한 누군가가 내 글이 책이 될 수 있다고 인정해준 순간. 그런 단 한 사람. 최초의 독자. 그 사람이 필요하다. 사람은 언제 작가가 되는가. 내 글을 책으로 인정한 최초의 독자가 생겨난 순간 작가가 된다.

에필로그

완전히 결정하기 전까지는 머뭇거림이,
주저가, 되돌아갈 기회가 있다. 어떤 일을
시작(창조)한다는 문제에 대해 중요한
진실은, 자신을 던지겠다는 결단을 내리는
순간 신도 같이 움직인다는 사실을 모르기
때문에 수많은 아이디어와 멋진 계획들이
물거품이 되어버린다는 것이다. 그러지
않았으면 결코 일어나지 않았을 많은
사건들이 그에게 일어난다. 그 누구도 이런
식으로 일어나리라곤 생각지 못했던 온갖
종류의 사건과 만남, 물질적인 지원이
솟아오르는 것이다. 이 모든 것은 바로
'시작한다'는 결단에서 비롯되었다.
당신이 할 수 있는 것, 할 수 있다고 믿는
것이면 무엇이든지 시작하라. 행동은 그
자체에 마술과 은총, 그리고 힘을 갖고 있다.
- 괴테

정말 괴테가 한 말인지도 의심스럽고 자기계발서 서문으로 적합할 듯한 이 글은 오랫동안 내 다이어리 앞장에 붙어 있었다. 이 문구는《아티스트 웨이》라는 책에서 가져온 것이었는데, 다시 확인해보니 저런 문장도 아니었고, 저 말을 괴테가 다 한 것도 아니었다. 나는 진지하게 믿는 것 같다. 나의 착각이 불러일으킨 이 글을. 하지 말아야 할 이유가 백 가지가 넘어도 언제나 단 한 가지 이유로 긴 글을 쓰기 시작하고, 긴 여행을 떠나고, 다시 공부를 시작한다.

첫발을 내디딜 때마다 용기를 주는 글이다. 아니 조금 더 정확히 말하자면, 이건 좀 미친 짓 같은데 싶을 때마다 이 글이 등을 떠밀어줬다. 평소에 가던 길과 다른 방향으로 첫발을 내딛고 나면 분명 부끄러움과 후회가 폭풍우처럼 몰려온다. 내가 왜 여기서 이러고 있지? 하며 울면서 낯선 동네를 걷고 있게 된다. 하지만 그냥 앞으로 몇 발 더 내디디면 이 글에서 말한 신이 함께 움직이고 있는 것 같은 순간이 분명히 찾아온다. 물론 그 순간에도 내가 여기서 왜 이러고 있지?라고 생각하고 있을 확률이 높지만.

후회하지 않으려면 조금 더 긴 시간이 필요하다. 그렇게 나를 던지듯이 달려갔을 때 함께 달려주는 보이지 않는 도움의 손길이 있고, 그 힘으로 내가 원래 나 자신에 더 가깝게 변해간다는 것.

할 수 있는 것과 하는 것 사이의 두께 만큼의 진실이다. 처음에는 이 글이 신을 믿으라는 뜻인 줄 알았다. 하지만 평소 가던 길과는 다른 방향을 처음 선택한 건 나 자신이다. 내가 신이 될 수 있다는 말의 뜻은 그런 의미다. 그것을 깨닫기 위해서 스스로를 믿고 한 발 내딛는 용기가 있어야 한다.

한동안 잊고 있던 이 글을 다시 꺼내서 책상에 붙였다. 이 글이 주는 용기의 힘이 필요해서. 곧 봄이 오고 새로 시작할 일들이 많으니까. 일단 지금은 오랜만에 비행기 티켓 예매창을 연다.

기내식 먹는 기분

2022년 11월 30일 1판 1쇄

지은이　정은
편집　김태희 장슬기 윤설희 최경후
디자인　나종위
제작　박홍기
마케팅　이병규 양현범 이장열
홍보　조민희 강효원
인쇄　천일문화사
제책　J&D바인텍

펴낸이　강맑실
펴낸곳　(주)사계절출판사 등록 제406-2003-034호
주소　(우)10881 경기도 파주시 회동길 252
전화　031)955-8588, 8558
전송　마케팅부 031)955-8595 편집부 031)955-8596
홈페이지　www.sakyejul.net
전자우편　literature@sakyejul.com
트위터　twitter.com/sakyejul
인스타그램　instagram.com/sakyejul

© 정은 2022

ISBN 979-11-6094-981-0 03810